如果想讓一天有個好的開始，盡自己應盡的責任很重要。

從打招呼開始，依序為：太陽、貝加爾湖、小木屋前的小雪松。

每天晚上，月亮都把它的照路燈掛在這棵小雪松上。

貝加爾湖隱居札記

在這喧囂的世界
一個人到西伯利亞森林住半年

DANS LES FORÊTS DE SIBÉRIE

by
Sylvain Tesson

席爾凡・戴松——著
梁若瑜——譯

跳脫一下

我曾承諾自己要在四十歲以前去深山裡過隱居的生活。

我在貝加爾湖畔一個位在北雪松林湖岬端的小木屋裡待了六個月。一百二十公里外有一座小村莊，四周沒有鄰居、沒有道路，偶爾有訪客。冬天，溫度落在零下三十度左右；夏天，有熊在湖岸邊出沒。簡單來說，就是個天堂。

我行前隨身帶了書、雪茄和伏特加酒。其餘的東西——空間、寧靜和孤獨——那裡已經有了。

在這片無人之地，我替自己打造了一段清明又美麗的生活，我度過一段深居簡出的儉樸日子。我依山傍水，得以凝視日子一天天流轉。我砍柴、釣自己的晚餐、讀很多書、到山裡健行，並在窗邊喝伏特加。這小木屋是個絕佳的觀察站，能一窺大自然的各種動靜。

我見識了冬天和春天、幸福、絕望，乃至於平靜。

在這片又稱泰加林的西伯利亞針葉林裡，我脫胎換骨了。定居帶給我旅行所無法再帶給我的事。當地的靈氣幫助我馴服了時間。我的隱居小屋成為這些蛻變的實驗室。

我每天都把感想記錄在一本札記裡。

這本隱居日記，你現在即捧在手裡。

席爾凡・戴松

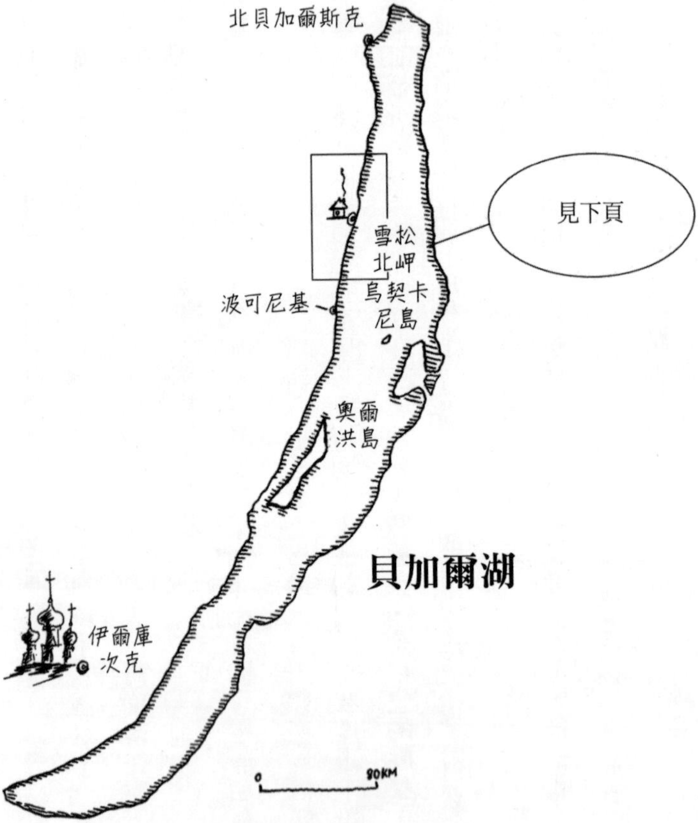
北貝加爾斯克
見下頁
雪松北岬
烏契卡尼島
波可尼基
奧爾洪島
貝加爾湖
伊爾庫次克
0
80KM

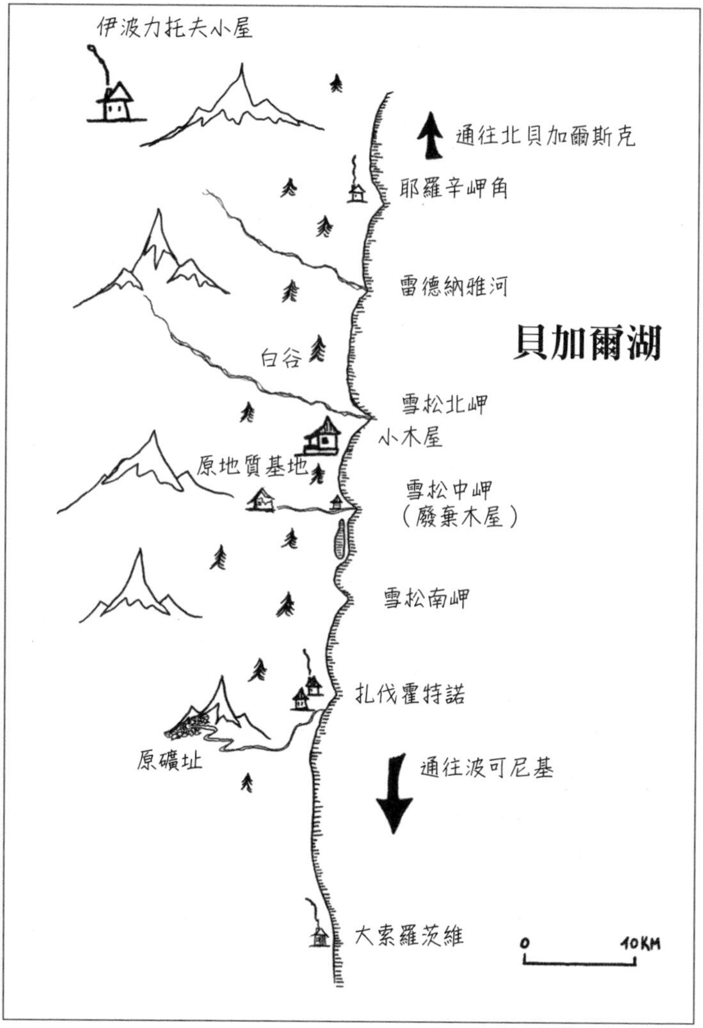
伊波力托夫小屋
通往北貝加爾斯克
耶羅辛岬角
雷德納雅河
貝加爾湖
白谷
雪松北岬
小木屋
原地質基地
雪松中岬
（廢棄木屋）
雪松南岬
扎伐霍特諾
原礦址
通往波可尼基
大索羅茨維
0
10KM

因為我隸屬於森林和孤獨。

——克努特・哈姆孫《潘》

自由向來存在，付出代價即可。

——亨利・蒙特朗《一九五七年札記》

獻給亞諾・宇曼

目次

二月

森林

亨氏這個品牌所販售的調味醬多達十五、六種。在伊爾庫次克的超市裡，各種口味一應俱全，我卻不知從何挑選起。我已裝滿整整六個推車的麵條和塔巴斯科辣椒醬。藍色卡車在等我。司機米夏並未熄火，外面氣溫是零下三十二度。明天，我們將駛離伊爾庫次克；三天後，抵達位在貝加爾湖西畔的小木屋。我必須趕在今天採買完畢。我最後挑選了亨氏系列中的「超辣塔帕斯」款。我一共拿了十八瓶，也就是一個月三瓶。

番茄醬竟然能有十五種。就是因為這種事，我才想遠離這個世界。

二月九日

在妮娜位於無產路上的家裡，我躺在床上。我真喜歡俄羅斯的街道名稱，城鎮裡常見到「勞動街」、「十月革命路」、「支持者路」，有時還有「熱情路」，並有灰白色調的斯拉夫老太太有氣無力地走在這些路上。

妮娜是全伊爾庫次克最好的民宿主人。她以前是鋼琴家，蘇聯時代曾在音樂廳演出。如今，她經營一家民宿。昨天，她跟我說：「誰會相信有一天我居然變成了煎餅機器？」妮娜的貓躺在我肚子上呼嚕。如果我是隻貓，我知道我會躺到誰的肚子上取暖。

我即將實現一個已醞釀長達七年的夢想。二〇〇三年，我初次旅居貝加爾湖畔。在岸邊行走時，我發現這裡每隔一段距離就有一間小木屋，裡面都住著一些出奇快樂的隱居者，獨自遁入寂靜森林的念頭油然而生。七年後，我就這麼來啦。

我不得不鼓起勇氣把貓推開。離開被窩，需要過於常人的精力。尤其還是因為即將要改變自己的生活方式。願望將實現之際，往往讓人想掉頭逃跑。有些人反而在關鍵時刻退縮。我很怕自己是這種人。

米夏的卡車滿到要爆炸了。抵達貝加爾湖前，我們得先穿越五個小時車程的冰封原野——宛如在凍僵的高低起伏波浪中航行。山丘腳下有村莊的煙霧裊裊升起，彷彿在淺灘擱淺的雲煙。面對這般情景，俄羅斯畫家馬列維奇曾寫道：「任何人只要穿越了西伯利亞，就再也不能聲稱自己是幸福的。」到了一處丘頂時，貝加爾湖出現了。我們停下來喝酒。伏特加酒過四巡後，冒出了一個問題：到底是怎樣的奇蹟，讓湖岸線居然這麼完美地和湖水邊際無縫相接？

讓我們先把統計數字說完吧。貝加爾湖長七百公里、寬八十公里、深一公里半，擁有兩千五百萬年的歷史。它冬季時湖面結冰可厚達一百一十公分，不過太陽才不管這些數據，祂依然把祂的愛照耀在這片白色冰原上。一道道陽光從雲端穿透下來，成群結隊的光影色塊在雪地上游移，這塊遺骸般的荒原臉頰亮了起來。

卡車開上了冰面。車輪底下，是足足一公里的湖深。但萬一我們掉進斷縫裡，車子將墜入黑暗深淵。我們身軀將無聲下沉，如緩慢雪片般沉落湖底溺斃。對於害怕腐敗的人而言，這座湖是最理想的墓穴。詹姆斯．狄恩曾希望死後能留下「漂亮的遺體」。一些學名為*Epischura baikalensis*的小蝦子，二十四小時內就能將屍體清理完畢，水底只會留下象牙般的白骨。

二月十日

我們在奧爾洪島上的胡月爾鎮過夜，然後往北方行駛。米夏一句話也不說。我很欣賞沉默寡言的人，因為我就能自己幻想他們在想些什麼。

我繼續朝我的夢想天堂挺進。四周氣氛很荒涼，寒意是在風中飄打的長髮。一絲一絲的白雪從車輪前方奔散，天空與冰層間的這段空檔縫隙裡，插入了一場暴風雪。我望著湖畔，一面努力別去想我即將在這片安魂曲般的森林中住上六個月這件事。流放西伯利亞的典型畫面元素，在這裡一應俱全：廣袤的天地和蒼白的色調。冰雪看起來有點像裹屍布，曾有無辜的人被丟進這場噩夢裡長達二十五年。我呢，卻能在這裡高興住多久就住多久。人生夫復何求？

米夏說：「這裡很悲愴。」

隨即緘默直至隔日。

我的小木屋位在貝加爾雷納生態保護區的北部。它是個建於一九八〇年代的舊地理觀測站，藏身在松林裡一片林中空地上。在地圖上，這地區的名字「北雪松林」即來自於這片樹林。「北雪松林」聽起來有點像老人安養院的名稱。但說起來，這裡確實是個讓人安養之處。

在湖面上行車是一種逆天的舉止，只有天神和蜘蛛能在水上行走。我曾三度覺得自己彷彿打破了禁忌：第一次是凝望著遭人類淘空的鹹海海底；第二次是閱讀一名女子的私人日記；第三次是在貝加爾湖水面上行車。每次都覺得像在撕扯一片紗，隔著門孔偷窺。

我把這些說給米夏聽，他什麼也沒回。

今晚，我們在保護區中部的波可尼基科學觀測站停歇。

塞戈伊和娜塔莎是這裡的駐守人員。他們俊美得猶如希臘神人，除了身上衣服比神人多就是了。他們在這裡已經生活了二十年，專門緝捕盜獵者。我的小木屋位在他們家往北五十公里處。我很慶幸能有他們當鄰居。以後想起他們，會是件愉快的事。他們的愛，就像西伯利亞冬季裡的一座小島。

我們晚間時光和他們的兩位朋友一起度過。這兩位朋友分別是薩沙和尤拉，西伯利亞的漁民，儼然是杜斯妥也夫斯基小說裡的兩種典型人物。薩沙有高血壓，整個人紅通通的，很活潑，蒙古人般的眼睛深處流露著一股嚴峻；尤拉則神情憂鬱嚴肅，讓人聯想到拉斯普丁[1]，以底棲魚類為主食，膚色如托爾金筆下的魔多人一樣蒼白透明。薩沙磊落奔放，尤拉則鬼鬼祟祟。尤拉已經十五年沒進城了。

二月十一日

我們又回到冰面上趕路。兩側森林呼嘯而過。十二歲那年，我在法國曾去凡爾登參觀「大戰博物館」。我對「仕女之路」廳記憶猶新，戰場壕溝裡的法國大兵身上沾滿泥濘。今天早上這片森林就如一支遭大雪覆蓋的軍團，只有刺刀能勉強冒出頭來。

碎裂的冰層劈啪作響，底層板塊因表層運動的壓縮而迸裂。這片水銀般的平原上布滿曲折的裂縫紋路，噴吐結晶式的混亂，一道藍色鮮血從玻璃傷口中流出。

「很美。」米夏說。

接著到晚上前都未再說話。

晚間七點，我的湖岬出現了，也就是北雪松林岬。還有我的小木屋。全球衛星定位的座標是N 54°26’45.12”/ E 108°32’40.32”。

有犬隻隨行的幽暗小小人影，從湖畔上前來迎接我們。老布勒哲爾[2]畫中的農民便是這般模樣。不論什麼都能被冬天變成一幅荷蘭油畫，既精準又帶光澤如上了釉。

天空飄著雪，接著天色轉暗了，於是這一大片雪白變成一道醜陋的黑色。

二月十二日

沃羅迪亞．T是森林巡邏員，年逾五十，和妻子露咪拉在北雪松林這小木屋已居住十五年了。他戴著一副深色鏡片的眼鏡，一臉慈眉善目。有些俄羅斯人看起來像流氓，但沃羅迪亞，你會很放心地把幼熊託付給他照顧。他和露咪拉想回去伊爾庫次克。露咪拉生病了——她罹患了靜脈炎——必須就醫，她的肌膚——就像成天喝茶喝不停的俄羅斯婦女肌膚一樣——如青蛙肚子般白皙：大大小小的血管在珍珠色皮膚下繪出曲曲折折的紋路。他們等我一來就準備上路。

---

1 俄國沙皇尼古拉二世時的神祕主義者，受引薦入宮為皇族治病後掌握權勢，後遭暗殺。

2 **Pieter Bruegel the Elder**，文藝復興時期布拉班特公國的荷蘭畫家，以自然地景和農民主題畫作聞名。其子小彼得．布勒哲爾也是畫家，作品主題多為風景、宗教和災難。

這座小木屋在雪松林裡冒著煙，雪花像在屋頂上鋪了一層蛋白霜，屋梁有著香料蛋糕的色澤。我餓了。

這屋子坐落在兩千公尺高的山壁腳下。泰加林一路朝山頂攀長，於一千公尺左右投降；再往上去，就是岩石、冰霜和天空的國度。小木屋後面是山坡。湖水平躺在海拔四百五十公尺處，我從小木屋的窗戶就能看到湖畔。

塞戈伊麾下的森林巡邏員，各自住在保護區內彼此相距三十公里的觀察站。往北，住在耶羅辛岬的鄰居名叫沃羅迪亞；往南，扎伐霍特諾小村的鄰居名字也叫沃羅迪亞。日後，我心情低落，想找同伴喝酒澆愁時，只要往南步行一天，或往北步行五小時即可。

巡邏組長塞戈伊從波可尼基陪同我們一起過來。下車後，我們靜靜端詳了這片美景一會兒，然後他點了點自己的太陽穴，對我說：「這裡真是個好地方，很適合自殺。」剛才車上同行的還有我朋友亞諾，他從伊爾庫次克就一直陪著我。他在那裡已經住十五年了，並和當地最美的姑娘結了婚。她很嚮往巴黎的蒙田大道和法國南部的坎城，當她發現亞諾一心只想在泰加林裡優游後，便和他分手了。

接下來幾天，我們將一起替我這段居留做準備。然後，我的朋友們將各自返家，留下我一個人在這裡。眼下此刻，先從搬卸物資開始。

在森林裡住六個月的必需品

斧頭和錘斧
蓬布
麻布袋
冰錐和冰杓
冰刀鞋
踏雪板
獨木舟和槳
釣竿、釣線、沉坨、假蠅毛鉤和路亞（硬餌）
烹調器具
茶壺
手轉式鑿冰器
繩索
小刀和瑞士刀

磨刀石
煤油燈
煤油
蠟燭
衛星定位器、指南針、地圖
太陽能板、電線和可充式電池
火柴和打火機
登山背包
水手帆布筒形包
毛呢地毯
睡袋
高山裝備
防蟲頭部面網
手套
毛裡雪靴
冰鎬

藥品（十盒普拿疼以對抗伏特加的副作用）
鋸子
鐵鎚、釘子、螺絲、銼刀
七月十四日國慶日用的法國國旗
手持式驅熊彈
信號槍
雨衣
烤肉網
摺疊鋸
帳篷
地墊
頭燈
零下四十度專用睡袋
加拿大皇家騎警外套
塑膠雪橇板
防滑釘鞋

附腿套的靴子
伏特加酒和酒杯
90%的酒精，以便在前項短缺時替代用
要讀的書
雪茄、小雪茄、室內除臭用的「亞美尼亞紙」和增加溼度用的玻璃保鮮盒
聖人像（聖瑟拉芬·薩羅夫、聖尼古拉、羅曼諾夫王朝末代遺族、沙皇尼古拉二世、黑面聖母）
木造行李箱
望遠鏡
電子裝置
筆記本和原子筆
糧食（六個月分量的麵條、米、塔巴斯科辣椒醬、行軍口糧、水果罐頭、辣椒、胡椒、鹽、咖啡、蜂蜜和茶葉）

很妙，決定要搬進小木屋生活後，原以為會抽著雪茄仰望天空，深深陷入自己的思緒裡。結果卻還是拿起記事本，勾選著生活必需品清單。人生呀，就是這麼柴米油鹽。

我推開小木屋的門。在俄羅斯，家具的塑膠貼片大興其道。七十年來根深蒂固的物質主義，使俄國人的審美觀蕩然無存。到底為什麼品味會這麼差？為什麼寧可鋪合成地墊，也不願留白？曾幾何時，世界變得這麼俗不可耐？全球化最明顯的現象就是人們一窩蜂追求醜陋。如果不相信，只要找個中國城市走一走、看看法國郵局新的室內設計風格，或觀光客的穿著打扮即可。品味低俗是全體人類的最大共通點。

接下來的兩天，在亞諾的幫忙下，我拔除了那些合成地墊、塑膠布、聚酯帆布和牆上的塑膠紙。我們用鐵撬把貼片統統撬掉。褪去外皮後，裸露出來的是殘留樹脂微粒的原木，以及淡黃色的木質地板——那淡黃色就和梵谷在亞爾小鎮臥房裡的顏色一樣。沃羅迪亞目瞪口呆望著我們，他**看不出**赤裸的琥珀色原木在視覺上比聚酯帆布更美麗。他耐心聽我向他解釋箇中原因，我成了一個堅稱原木地板比合成地墊更優越的中產階級分子。美學主義成了一種反動的離經叛道。

我們從伊爾庫次克帶來一個雙層玻璃的淺色松木窗戶，以取代原本那使屋內蒙上一股派出所式光線的窗戶。為了安裝窗戶，塞戈伊用電鋸在原木牆面上直接鋸出一道窗口。他做起事來有些焦躁，不曾停下來休息，也從未計算角度，忙亂中出了錯就邊做邊修正。俄羅斯人施起工來總是急急忙忙的，彷彿有法西斯大軍隨時會追趕上來。

在這地區零零星星的幾個村落裡，俄羅斯人對自身處境的不堪一擊感受特別強烈，安全感約莫和童話故事裡那隻住茅草屋的小豬差不多。住在家徒四面木壁的冰天雪地裡，會讓人變得謙卑。這些村寮的搭建方式，並不是為了流傳千古。它們其實就只是一堆在北風中嘎吱作響的簡陋小屋而已。羅馬人興建城邦是想屹立千萬年；對俄國人來說，能度過冬天就足夠了。

和暴風雪的劇烈程度相比，小木屋好比一只火柴盒。木屋是森林的孩子，注定要腐壞——它牆面的圓木原本就是樹林裡的樹幹。屋主遺棄它後，它將再次化為腐殖土。面對季節性的酷寒，它單純卻提供了完美的庇護。四周庇蔭著它的森林，並不會因為它而變得醜陋。它和蒙古包及北極雪屋，都堪稱人類面對險惡環境所想出最美好的反制之道。

二月十三日

又花了十個鐘頭清除堆積在這片森林空地上的各種廢物。要淨化這塊場域，才能恢復原本的靈氣。俄羅斯人把過去拋得一乾二淨，卻從來不肯丟掉垃圾。想叫他們丟東西嗎？

他們會說：「寧可去死。」為什麼要把農耕機的引擎丟掉？它的活塞還可拿來當建築裝飾呀！前蘇聯領土上，隨處可見蘇聯五年計畫遺留的排泄物：荒廢的工廠、工具機具、飛機殘骸。很多俄羅斯人生活的地方簡直和工地或廢車場沒兩樣。他們**看不出**什麼是垃圾。他們打從心底忽略攤在眼前的景象。比喻人猶如住在垃圾場裡時，俄文「Abstractirovaouit」這個意為「視而不見」的動詞，真是太貼切了。

二月十四日

最後一個箱子是一箱書。如果問我為什麼大老遠跑來把自己關在這裡，我會回答我的閱讀進度落後了。我在我床架上方釘了一塊松木板，把書統統擺上去，共六十幾本。在巴黎時，我曾費了番工夫列出一張最理想的書單。如果不希望內心變得一貧如洗，就要帶上好書，這麼一來，人永遠能將自己補進書的空缺。如果幻想隱居山林的日子能把你的靈性溫度維持在很高的狀態，因而盡挑選艱澀的書，那就錯了；如果下雪的午後只有黑格爾能讀，那時間可就難熬了。

我出發前，一位朋友建議我帶雷斯樞機主教的《回憶錄》，和保羅．莫朗的《富凱傳》。我早已知道千萬別帶內容和自己目的地有關的書。到義大利威尼斯，要讀萊蒙托夫；

但在貝加爾湖，要讀拜倫。

我把箱子裡的書都拿出來。我天馬行空幻想時讀米歇爾．圖尼埃；憂鬱時讀米歇爾．戴翁；情慾高漲時讀勞倫斯；天寒地凍時讀三島由紀夫。我有好幾本關於山林生活的書：激進派的是灰鴉[3]，傳奇派的是笛福，道德派的是奧爾多．李奧帕德，哲學派則是梭羅，但他的八股碎唸，我讀得有點厭倦；惠特曼，他呢，我倒是滿喜歡的——他的《草葉集》十分優美；「向森林求助」的說法是恩斯特．榮格率先提出的，我有四、五本他的書；此外，也有一些詩詞和哲學著作，譬如尼采、叔本華、斯多葛主義哲學家等等；有薩德侯爵和卡薩諾瓦偶爾讓我熱血沸騰；有幾本犯罪推理小說，畢竟有時也要喘口氣；有幾本德聶出版社關於鳥、植物和昆蟲的自然生態圖鑑。來森林裡作客，最起碼做到的就是知道主人叫什麼。一問三不知，未免太沒禮貌了。如果有人闖進我家，硬要住下來，我希望他們好歹喊得出我的名字。我那幾本七星文庫的書背在燭光下微微發亮。書就是一種聖人像。我這輩子要首度把一本小說一口氣讀完了。

在巴黎用心列出赴西伯利亞森林旅居六個月時的理想書單

《地域堤道》／英格麗・雅絲緹
《查泰萊夫人的情人》／D・H・勞倫斯
《致死之病：關於造就和覺醒的基督教心理學闡述》／齊克果
《雪中的足跡》／艾力克・羅姆
《行腳舞台劇》／菲利普・芬威克
《愛格菲雅的後續消息》／瓦熙歷・佩司科夫
《印地安溪流紀實》／彼得・福洛姆
《醉心於上帝的人類》／賈克・拉凱葉
《禮拜五》／米歇爾・圖尼埃
《淡紫色計程車》／米歇爾・戴翁

3 Grey Owl，指英國作家、環境保護者貝拉尼（Archibald Stansfeld Belaney），他死後因假冒原住民身分等事件引起爭議。

《閨房裡的哲學》／薩德侯爵
《吉爾》／皮耶・提厄拉霍雪
《魯濱遜漂流記》／笛福
《冷血》／楚門・卡波提
《在小木屋住一年》／歐拉夫・康鐸
《婚禮》／卡繆
《墮落》／卡繆
《自己當島主》／湯姆・尼爾
《一個孤獨漫步者的遐想》／盧梭
《我的一生》／卡薩諾瓦
《世界之歌》／尚・紀沃諾
《富凱傳》／保羅・莫朗
《札記》／亨利・蒙特朗
《七十而褪，第一部》／恩斯特・榮格
《叛逆論》／恩斯特・榮格

《戈耳狄俄斯之結》／恩斯特・榮格
《取向、毒藥和酒醉》／恩斯特・榮格
《非洲遊戲》／恩斯特・榮格
《惡之華》／波特萊爾
《郵差總按兩次鈴》／詹姆士・凱因
《詩人》／麥可・康納利
《血染月亮》／詹姆士・艾洛伊
《伊娃》／詹姆士・哈得利・蔡斯
《斯多葛主義哲學家》／（七星文庫）
《紅色收穫》／達許・漢密特
《物性論》／盧克萊修
《宇宙與歷史：永恆回歸的神話》／默西亞・埃里亞德
《意志和表象的世界》／叔本華
《颱風》／康拉德
《頌歌》／謝閣蘭

《宏瑟傳》／夏多布里昂

《道德經》／老子

《瑪利巴德哀歌》／歌德

《短篇全集》／海明威

《瞧，這個人》／尼采

《查拉圖斯特拉如是說》／尼采

《偶像的黃昏》／尼采

《星宿、雪與火》／約翰・海因斯

《最後疆界之人》／灰鴞

《論獨居小屋》／安東・馬賽爾

《在世界的中心》／布萊斯・桑德拉爾

《草葉集》／惠特曼

《沙郡年紀》／奧爾多・李奧帕德

《苦煉》／瑪格麗特・尤瑟娜

《天方夜譚》

《仲夏夜之夢》／莎士比亞
《溫莎的風流婦人》／莎士比亞
《第十二夜》／莎士比亞
《圓桌故事》／克雷添・特洛伊
《美國黑盒》／莫理斯・丹特克
《美國殺人魔》／布列特・伊斯頓・艾利斯
《湖濱散記》／梭羅
《生命中不能承受之輕》／米蘭・昆德拉
《金閣寺》／三島由紀夫
《我答應》／羅曼・加里
《遠離非洲》／凱倫・白列森
《冒險家》／喬瑟・喬凡尼

我離開伊爾庫次克後的第六天，朋友們的卡車消失在地平線。對一個被沖上岸的船難倖存者而言，沒有什麼比看到一艘帆船漸行漸遠的景象更備感辛酸。沃羅迪亞和露咪拉回到伊爾庫次克，也得以展開新生活。我盼望他們回過頭來，朝小木屋看最後一眼。

但他們沒有回頭。

卡車只剩一個小黑點，這裡只剩我一人，山巒頓時顯得更險峻了。周遭景象映入眼簾，十分強烈。四周環境也變得清晰無比。人類最能盤據人類的注意力，盤據的程度令人不可思議。有其他人相伴時，周遭世界彷彿黯然失色。孤獨是一場征服，讓你討回享受事物的樂趣。

此刻零下三十三度。卡車已沒入霧氣之中。寂靜，以白色小雪花的形式從天而降。獨處，就聽得到寂靜。颳起了一陣狂風，飛雪蒙蔽視線。我仰天一聲長嘯。我敞開雙臂，把臉迎向冰冷的空曠，然後回到溫暖的屋內。

我抵達了自己人生中的碼頭。

我終於能得知自己是否有所謂的內在自我。

二月十五日

今天是我獨居的第一晚。起先，我不太敢動。一想到未來的日子，我就動彈不得。到了晚上十點，陣陣爆裂聲打破寂靜。空氣變暖了，天空依然飄著雪，溫度零下十二度。就算俄羅斯大砲來轟炸貝加爾湖，我看這小木屋也會像現在一樣不為所動。我又走到氣溫回升的室外，聆聽傳來的陣陣爆裂聲，是水流讓浮冰發出的聲響。

遭囚禁的流水，渴望被釋放。冰層把生物（魚、花和藻類、水中哺乳類、節肢動物和微生物）和天空一分為二。冰層猶如隔在生命與星宿間的一層布幕。

小木屋的面積是三公尺見方，一只鐵鑄鍋爐充當屋內暖氣。鍋爐將成為我的好友，我願意接受這位室友的鼾聲；這鐵鍋爐就是世界的軸心，一切都圍繞著它打轉；它是個自有生命的小小神明，我拿木柴供養祂的同時，也在向學會用火的直立猿人致敬。法國哲學家巴謝拉在《火的心理分析》中猜測，用兩枝木棒相互摩擦以點燃草屑的構想，可能源自於做愛時的愛撫。人在交媾之際，萌生了生火的靈感。原來如此，知道了也不錯。如果想滿足性衝動時，不妨觀看燃燒的柴火。

我共有兩扇窗戶。一扇朝南，一扇朝東。從朝東這扇窗的底部，可看到一百公里外布里亞特共和國的積雪山峰；從朝南這扇窗，隔著一棵歐洲山松的枝葉，我能凝望往南凸的湖灣曲線。

我的桌子緊貼朝東的窗戶，和窗框一樣寬，俄羅斯大多桌子都這樣擺設。斯拉夫人能就這麼坐在雪花紛飛的窗前，凝望上好幾個鐘頭。有時候，他們也會站起來，攻占某個國家，發動一場革命，然後回到暖烘烘的屋內，在窗前編織夢想。到了冬天，他們則喝茶喝個沒完，不怎麼想出門。

二月十六日

一到中午，就走出小木屋。

天空在泰加林上灑了一層霜，白色粉末綿密地鋪在一棵棵青銅色的雪松上。現在是冬季的森林：銀白色的厚外套，披在起起伏伏山巒的肩膀上。波浪般的植物覆蓋山坡，樹木彷彿想吞噬一切，森林是一股緩慢的浪濤。每當地形出現縐褶，液態蛋白般的樹冠就暗化成一縷縷黑影。

比起雪花結晶之美，為什麼人類更喜歡空洞的事物呢？

二月十七日

今天早上，太陽於八點十七分從布里亞特的山頭升起。一道陽光穿透窗戶，打在小木屋的原木壁板上。當時我躺在睡袋裡，我還以為樹林流血了。

鐵鍋爐裡最後的餘火於清晨四點左右熄滅。天亮時，屋裡凍到不行，必須起床點火——這兩個動作等同於慶祝從原始人進化成現代人類。我展開一天的方式便是朝柴火吹氣，接著我再躺回床上，等待木屋裡回復孵蛋的溫度。

今天上午，我把塞戈伊留下的槍上油保養。它是一把寬口徑短槍，就像水手求救時常用的那種信號槍，槍口可射出非常亮的煙火，藉此嚇阻擅自闖入的熊或不速之客。

我並沒有武器式的槍，也不打算打獵。首先因為這裡是生態保護區，依規定禁止狩獵；其次是我覺得我是來樹林裡作客，要是拿槍打死這裡的生物，實在太粗暴卑劣了。難道你喜歡有陌生人來你家攻擊你嗎？但如果其他比我更好、更高尚且具獨特思維的人想在喬木林裡恣意妄為，我並不介意。

這裡可不是巴黎市郊的香提伊森林。倘若盜獵者遇上巡邏員，總是手裡有槍的人說了算。塞戈伊出門巡視一定會帶槍。貝加爾湖的四周，有幾座刻了巡邏員姓名的墓碑。通常是一塊簡單的水泥碑，點綴著塑膠花，有時會把死者的肖像裱上金屬相框。那些盜獵者呢，則死無葬身之地。

我不禁想起貂狐類的一生。在森林裡出生，熬過寒冬，掉進陷阱，最後淪為愚婦身上的毛皮外套；而如果把愚婦們丟入高山森林，她們的生命期望值大概只剩三分鐘……而且這些一身毛皮的女人，還不如那些她們藉他人之手剁宰的貂狐來得優雅。五天前，塞戈伊曾對我說起一件往事。以前，伊爾庫次克的州長熱中於駕著自己的直昇機，來貝加爾湖畔的高山裡獵熊。有一次，那架MI8被一陣強風吹得重心不穩墜機了。結果，死了八個人。塞戈伊說：「熊應該都圍著營火開心跳著波卡舞。」

我的另一個武器是一把車臣製的小刀，是把漂亮的木柄短刀，我從早到晚時時帶在身上。到了晚上，我會把它插進我床上方的木板裡。要插得夠深，它才不至於在我睡得正甜時，掉下來戳進我肚子裡。

二月十八日

我想和時間算一筆舊帳。我發現走路是讓時間放慢的一個好方法。徒步旅行的化學作用，能把每一分每一秒拉長。在旅途中度過的時間，不像其他時候的時間消逝得那麼飛速。過去我整個人變得愈來愈急躁，總需要開拓不同的新視野。我開始迷上機場，機場裡的一切都在鼓勵人跳脫和出發。我嚮往去航廈，我的旅程以逃離作為開端，最後淪為分秒必爭的時間追逐賽。

兩年前，因緣際會下，我有個機會到貝加爾湖畔的一座小木屋住三天，一位名叫安東的狩獵監督官在他貝加爾湖東岸的俄式小農舍接待我。安東戴著一副遠視眼鏡，他被鏡片放大的雙眼，賦予了他一種快樂兩棲類的神情。晚上，我們下西洋棋；白天，我幫他收漁網。我們幾乎不交談，卻花很多時間閱讀——我讀於斯曼，他讀海明威，而且他都發音成「賀明貴」。他一天要喝上好幾公升的茶，我則去樹林裡散步。陽光灑滿整個屋內，野雁避離秋天。我想著我的親人。我們收聽電臺廣播：女主持人播報了索契的氣溫。安東說：「黑海那邊呀，應該不錯。」偶爾，他朝鍋爐裡丟一塊木柴，等一天快過完了，他就把西洋棋拿出來。我們小口小口啜飲著一款克拉斯諾亞爾斯克的伏特加，一面推著棋子。我每次都被分到白棋，還經常輸棋。漫漫長日過得很快。我和這位朋友道別時心想：「這種生活太適合我了。」只要定居下來，就能得到旅行無法再帶給我的東西：內心的平靜。

於是，我鄭重承諾自己要獨自到小木屋生活幾個月。寒冷、寂靜和孤獨等狀態，將來會比黃金更珍貴。在這人口過剩、氣溫過暖且噪音過大的地球上，森林裡的小木屋就是黃金屋。這裡往南一千五百公里處的中國，正人聲鼎沸。有十五億人口即將過著水、木材和空間都不足的日子。能夠在世上最大淡水湖畔的森林裡生活，是一種奢華。將來有一天，那些在豪宅大理石大廳裡百無聊賴的阿拉伯石油商、印度的新富豪和俄羅斯企業家，將會明白這一點。屆時就該是遷往緯度較高的地區、前往凍原的時候了。幸福將位在北緯六十度以上的地方。

與其在城市裡日漸枯萎，還不如快樂地生活在原始的森林曠野。在《人與大地》的第六部，地理學家何可律——他是無政府主義大師，文筆充滿舊式情懷——闡述了一個絕佳的概念：全體人類的未來，將在於「文明與原始的全面結合」。到時我們將不需在對科技進步的追求和對原始空間的渴望二者間做出抉擇。搬到森林裡生活，可望一圓美夢，讓無政府主義和未來主義相輔相成。喬木林下的生活是永恆的，貼近大地。人可重新見到月光般皎潔的真理，順服於森林的統治，卻又無需放棄現代化的便利。我的小木屋可說是古今兼容。出發前，我到文明社會的大賣場採買了維繫幸福的必需品，還有書、雪茄與伏特加：我將到蠻荒森林裡享受這些東西。我太認同何可律的理念了，甚至替我的小木屋加裝了太陽能板。太陽能板可替一臺小電腦提供電源。我主機板上的矽晶片將以光子作為養分來源。我聽著舒伯特看雪景，砍完柴後閱讀馬可．奧里略，抽著雪茄慶祝晚間釣到的漁獲。何可律知道了應該會很欣慰。

布魯斯．查特文在《所為何來》中曾引述恩斯特．榮格的言論，榮格則引述自司湯達：「文明之道，在於將最精緻的享樂與無時不在的危險做出巧妙連結。」這便是對何可律之呼籲的一種迴響。重點在於透過一次又一次的掌舵，主導自己的人生；在於翻山越嶺，遊走天南地北的迥異國度；在於在享樂和險難之間、在俄羅斯嚴冬和鐵鍋爐的溫暖之間，取得平衡。別停滯下來，永遠要在各種感受的不同極端之間來回擺盪。

住進森林裡，能讓人還債。我們呼吸，吃著水果，摘花朵，到溪水裡，然後某天，我們死了，卻也不曾跟地球結帳。人生是一場霸王餐。度過一生最理想的情形是能和北歐小精靈那樣，在土地上自由來去，卻不曾在草地上留下痕跡。應該要以童子軍創始人貝登堡的建議為座右銘：「離開一處營地時，記得留下兩件事：第一是什麼也不留，第二是留下感謝。」重點呢？別給地球造成太大負擔。隱居者終日關在自己的小木屋裡，並不會弄髒大地。他從自己的小屋門口，望著四季跳起永恆回歸的歡快舞步。由於沒有機具，他能活絡保養自己的身體；由於與外界斷絕聯繫，他得以解讀大樹的語言；擺脫了電視後，他發現窗戶比螢幕更透明。他的小木屋，讓湖畔變得輕快，且提供舒適。有朝一日，人們將不想再談「衰退」和對大自然的愛了。我們將更想把思考付諸行動，讓自己言行一致。該是時候離開都市、讓有關森林的空洞言論落幕了。

小木屋是簡約的國度。在松樹的庇蔭下，生活簡化成幾種必要的舉動。從每日家務勞動中忙裡偷閒得來的時光，都用在休息、靜思端詳和儉樸的享樂。細數非做不可的事項，其實不多。閱讀、汲水、砍柴、寫作和倒茶，成了例行儀式。在都市裡，所有這些舉動都被千萬種其他舉動所夾殺。森林能凝聚都市所疏離之事。

二月十九日

現在是晚上，時間九點，我人在窗前。一輪害羞的月亮正在尋找靈魂伴侶，而天際空空如也。以前的我，總是掐著每一分每一秒的脖子，想搾出其精華，此刻的我卻在學習靜思端詳。皈依修道院式寧靜的最佳途徑，就是強迫自己待著這寧靜中。端著茶坐在窗前，把時間緩緩如茶葉般沖開，讓四周風景各自展現各種面貌。什麼也不再想了，然後抓住閃過腦海的念頭，把它丟到筆記本上。窗戶的功用是，邀請美感進來，再讓靈感出去。

梵谷所繪的那幅嘉舍醫師肖像，我維持了兩個小時和他一模一樣的姿勢：手托著臉頰，眼神迷濛。

突然間，寂靜中升起一陣轟轟聲，好幾束大燈的光線穿破了夜色。有車子行駛在冰面上，正往北走。透過望遠鏡，我看到了大約十幾輛車，它們正朝我這邊的湖岸而來。二十分鐘後，八輛裝有廣告燈箱的休旅車在湖邊停成一直線。他們是伊爾庫次克一些有頭有臉的人物，是總統普丁政黨「統一俄羅斯黨」的成員，正在進行環湖八日遊。他們將在這裡搭帳篷過夜。幾個月後，我將得知他們當中包括一名俄羅斯聯邦安全局人員、州長的幾名親信和某座自然生態公園園長，他們的車輪壓凹了通往湖畔的雪坡。那些傢伙似乎對積雪漠不關心。踩踏雪地，就是不支持世界的純潔性。起初是踐踏雪白的山坡，接著就會把波蘭人開膛破肚了。

車子引擎持續運轉。音響噴吐著娜狄雅的音樂，她是全球化世代小屁孩心目中的洛麗塔，俄羅斯鄉巴佬把她視為珍寶。我崩潰了。

我把自己關進小木屋裡，試圖用兩百五十毫升的凱托瓦雅伏特加修身養性。我聽到那些傢伙在冰層上鬼吼鬼叫。他們鑿了一個洞，並在一支攝影燈的照明下，輪流鬼吼鬼叫地跳進冰冷湖水。簡直比車臣軍營裡欺負菜鳥新兵情事還不如。

我原本想逃離的事——噪音、醜陋之事、男性群聚習性——又來迎面痛擊我的小島。虧我這個可憐蟲還在高談深居簡出，桌上擺著一本盧梭的《一個孤獨漫步者的遐想》！我想起那些不得不扮演觀光導遊的本篤會隱士——那些虔誠的信徒原本想來修道院專注修道，卻變成向心不在焉的遊客群眾介紹聖本篤的戒律。

九世紀時，沙漠教父們開始為獨處而瘋狂：他們再也無法忍受任何外來闖入者。他們退居沙漠偏遠地帶，躲進洞穴裡。他們的愛只保留給一個沒有他們同類的世界。有時候，在大都市郊區的高樓腳下，會有個傢伙朝一群年輕人發射連串子彈。他將被寫進《巴黎人》報的篇欄裡，再被關進監獄的牢欄裡。

為了讓自己冷靜下來，我走出小屋來到湖面上，那些俄羅斯人正開心玩著被車子拖著滑雪的遊戲。我朝布里亞特走了兩公里路，在冰面上躺下來。我這是躺在一個有著兩千五百萬年歷史的液態化石上。天上星星的年紀比這再多上一百倍。我呢，今年三十七歲。然後我決定回家，因為現在氣溫是零下三十四度。

二月二十日

那些人類一走，動物就回來了。

今天早上讓我最高興的事情是什麼？究竟是八點鐘時那群討厭鬼離開；還是數分鐘後，一隻黑蓋山雀造訪我的窗臺？

我起床時宿醉到快不省人事。昨天，我借酒澆愁，想淡忘一切。我拿東西餵了那隻山雀，並在鍋爐生火。屋內很快暖和了起來。我把太陽能板放到我昨天釘製的木頭支架上。這些太陽能板將能過上還不錯的日子：它們從早到晚躺在這裡，飽覽美景，盡情吸收光子。

一杯茶的熱煙，能激發出很多省思。

面對茶杯，我想起我妹妹。她的孩子出世了嗎？完全無從得知半點消息。電腦前天停擺了，它承受不住這裡劇烈的溫差；至於我的衛星電話，什麼訊號也收不到。我出發前在巴黎耗費了許多珍貴時間打理電子裝備，結果落得一場空。我早該採納「德蘇烏扎拉」[4]的精神：在森林裡，唯一可靠的東西，只有斧頭、鍋爐和短刀。沒了電腦後，我剩下思緒。回憶也算得上是一種電流。

二月二十一日

零下三十二度。水晶般皎潔的天空。西伯利亞的冬天，就如挪威詩人維叟斯筆下冰宮的天花板一樣：純淨又無瑕。

前天那群粗人把地方搞得亂七八糟。他們壓扁了積雪，到處留下他們到此一遊的足跡。唯有來一場暴風雪，把湖畔重新整平，才能撫慰我心。

這小木屋往南五十公尺處，有間「澡堂」（banya），是個五公尺見方的小棚屋，靠一座

4 Dersu Uzala，一部日本與蘇聯於一九七五年合作拍攝的電影，由日本導演黑澤明執導，講述一位俄國探險家在赫哲族獵人擔任嚮導下，率隊探勘俄國遠東的冒險旅程。

鍋爐生熱。是沃羅迪亞去年搭建的。要加溫四個小時，才能讓溫度升到攝氏八十度。「澡堂」即斯拉夫版的桑拿，它在在顯示了俄羅斯人對溫度的不屑。身體瞬間從火轉換到冰。蒸了二十分鐘後，我走出來。屋外的零下三十度氣溫將身上的熱氣一哄而散。低溫凍得人頭疼，該回屋裡了。「澡堂」無異是個譬喻，譬喻我們人生總在時時刻刻追尋著更美好的狀態。我們把門推開，以為從此能捉住幸福；但我們很快又轉身離開，回到那不久將再度令我們感到沉重之處。

在俄羅斯，一般人每星期會躲進「澡堂」一、兩次，以便排毒。高溫會把身體如檸檬般搾一搾。心中所有的不滿都瓦解了——不好的脂肪、油汙和酒精會自行全身而退。

傍晚六點，颳起暴風雪。我全身赤裸，只穿著毛靴，匆匆回到小木屋。我手裡拎著油燈。那些勞改集中營牢犯的故事，一直在我腦海揮之不去。他們於某個大風雪夜裡出來小便，結果迷了路，再也回不了營房，他們隔天早上被人發現死在距離營房僅五十公尺處。我喝下一公升熱騰騰的茶。「澡堂」是個極盡奢華的所在。我煥然一新了。只要給我一把劁子和一條紅領巾，我就能打造出社會主義。

晚上，一碗塔巴斯科辣椒醬配白飯、半條香腸和半公升的伏特加，甜點則是月亮哀戚地從山頭上方輪轉而過。我到屋外來，向圓滾滾的月娘打招呼，她總是呵護著隱居者的睡眠，然後我上床就寢，一面可憐著那些沒有小木屋、沒有「澡堂」，或連個窩也沒有的野生動物。

二月二十二日

退隱山林，是一種逃避嗎？「逃避」是灰頭土臉、深埋在習慣泥沼中的人用來稱呼「活力衝勁」的名稱；是一場遊戲嗎？當然是囉！不然還能怎麼形容一場帶著一箱書和一雙踏雪板、自願赴森林湖畔過隱居生活的旅程呢？難道要說是一場遠征嗎？這說法太誇大了；是一場實驗嗎？就科學角度來說，的確是的。小木屋是個實驗室。是個磁磚實驗桌臺，上面沉澱了對自由、對寂靜和對獨處的渴望。是個進行實驗的場域，所發明出來的是一種放慢的生活。

生態學的理論學者們大聲歌頌衰退的好處。既然我們無法在一個資源有限的世界裡無限制增長下去，就應放慢步調，簡化生活，設法降低要求。我們現在還能游刃有餘地接受這些改變；明日，經濟危機將迫使我們不得不改變。

衰退在政治上永遠無法成為一種選項。若想把衰退付諸實現，需要一位很睿智的獨裁者。哪有執政者敢逼自己的人民服下這種解藥？他該怎樣才能讓群眾了解克勤克儉的美好？該如何說服上億中國人、印度人和歐洲人相信，讀古羅馬哲學家塞內卡的論述比大吃起司漢堡更好？衰退理想國：是渴望遵從營養學準則者的一種詩意解危之道。

小木屋是打造一種以奢華清明思緒為基礎之生活的完美地基。隱居者的清明，在於既不以物品也不以同類填滿和妨礙自己；在於擺脫習慣，放下舊需求。

隱居者的奢華，就是美麗的事物。他的目光，不論落在何處，總能察覺絕對的盡善盡美。時間之流從來不會中斷（除了前天的意外）。他並不會因為技術所產生的一圈需求火光，而畫地自限，受圈禁其中。

向森林求助的戲碼，只能在限制演出人數的情況下演出。隱居主義是一種菁英主義。今天早上我一點燃鍋爐後，又重新閱讀李奧帕德的《沙郡年紀》，他在書中闡述的正是這件事：「對保護原始生活所做的一切努力注定枉然，因為若欲珍惜，我們需要親身看到和觸摸到，而當有夠多的人看到和觸摸到以後，能夠珍惜之物也已蕩然無存。」群眾之所以來到森林，總是為了拿斧頭把樹砍掉。山居生活並非一種解決生態問題的辦法。這個現象本身即包涵著自身的悖論。大批群眾倘若湧向山林，必將一併帶來他們離開城市時所聲稱要躲避的惡事。這是無解的。

天色大白。遠方有一輛漁民的卡車。我和窗戶對談了許久。接近中午時，我朝積雪拋出五、六瓶凱托瓦雅伏特加。三個月後雪融時，我將再次見到它們。酒瓶的細頸將從雪中鑽出，比雪花蓮更快宣布美好日子的到來；是冬天送給周而復始春天的禮物。

整個下午都在整理和修繕。我加釘木板強化小木屋的遮雨棚，也把糧食櫃整理完畢。可是之後怎麼辦？等到再也沒有木板要釘、也沒有櫃子要整理，之後該怎麼辦？

太陽於下午五點消失在山頭後方。林中空地蒙上陰影，小木屋裡變暗了。面對這份惆悵，我發現一種能即刻發揮功用的特效藥：去冰層上走一走。只要朝地平線望一眼，就能讓我再度深信自己的選擇——這間小木屋、這種生活——是對的。我不知道美麗的事物能否拯救世界，但美麗的事物拯救了我的今晚。

二月二十三日

《暈眩》是俄羅斯作家依芙格妮雅．甘思堡記述她在勞改營歲月的一本書，我在溫暖被窩裡讀了幾頁。每天醒來，我的日子以令人心動的純淨姿態展現在我眼前，如同送給我的白紙。而且我倉庫裡還有數十張這樣的白紙。這種日子的每一分每一秒都屬於我，我能完全自由運用，能把它們恣意撰寫成明亮、睡眠或憂鬱的篇章。沒有誰能來更改這種生活的作息。這些日子是陶土般的可塑之材，我是一個抽象陶土廠廠長。

我知道登山客攀在岩壁上的暈眩是什麼感覺：一往下看到深淵就驚恐不已；我仍記得旅人在大草原上的水平暈眩感是什麼感覺：奔放的線條令人茫然；我知道自以為靈光乍現之酒鬼的暈眩是什麼感覺：他感覺到這靈感愈發強烈，腦袋卻不肯配合把它好好敘述出來；而我開始認識到隱居者的暈眩：即害怕時間上的空洞，這和攀在岩壁上時一樣緊張——不是為了下方而緊張，而是為了前方而緊張。

在這個天地裡，我高興做什麼就做什麼，但在這裡什麼也不必做。我望著聖賽拉芬的聖像。他起碼有上帝可作為寄託。

上帝從來不會對人類的祈禱感到厭倦，非常適合用來打發時間。我呢？我有寫作可寄託。

喝完上午茶後，我去湖上散步。冰層不再迸裂，因為溫度計的水銀一直維持在極低處。冰冷凍結了這一切。我朝湖畔上前，用一根木棍，在雪地上寫下「冰雪俳句」系列詩句的第一首：

足跡在雪地上形成虛線：步伐織縫起

這塊白色布料。

把詩詞寫在雪地上的好處在於它無法持久，字句將隨風消逝。有一條迸裂的縫痕在距離湖岸兩公里半處使冰層斷裂了，透明的大冰塊橫跨在這道裂縫上。這道裂紋順著平行湖岸的方向一路奔馳，從裂口可聽到咕嚕聲。貝加爾湖受傷了。我順著傷口走，同時保持一定距離——不然一不小心就會掉進水裡。

我內心裡浮現親友們的畫面。心靈的運轉方式是個謎，許多臉孔會自動映入腦際。孤獨是個充滿關於他人回憶的國度。思念別人，能彌補他們未能在此與我相伴的缺憾。我的親友們就在這裡，就在回憶的一處縐褶裡。我看得到他們。東正教徒們相信，天地的精神降臨成形象時，這些精神即與我們同在。上帝的精神，川流於神像中，顯靈於畫作和油墨的光澤裡。繪畫於焉昇華。

回來後，我決定設置自己的神壇。我鋸了一片三十乘十公分的木板，把它釘在我書桌旁邊，在上面放了三幅從伊爾庫次克買來的聖賽拉芬．薩羅夫聖像。聖賽拉芬曾在歐洲俄羅斯的一處森林度過十五年歲月。他在隱居日子接近尾聲時，不但餵養野熊，也能和鹿溝通。在他旁邊，我擺了一幅聖尼古拉、一幅黑面聖母，還有一幅身穿華麗皇服、受阿列克謝大牧首封為聖人的沙皇尼古拉二世。我點燃一根蠟燭，和一根帕特加斯系列四的雪茄。我望著燭火在雪茄煙霧中，緩緩熏著聖像的金色相框。雪茄呀，是一種褻瀆的香火。

小木屋的整頓工作大功告成了。我把最後一箱東西也整理完畢。我躺在床上抽菸，一面想著我這次只忘了帶一樣東西：一本關於繪畫史的精美好書，以便偶爾能細細端詳人的臉龐。

這下子如果想回憶人的臉龐，只能靠我的鏡子了。

二月二十四日

今天早上，一片白晝。貝加爾湖呢，也就是俄羅斯人口中所稱的「海」，則與天空融合為一。溫度計顯示零下二十二度。我點燃鍋爐，翻開卡薩諾瓦的《一生》：羅馬、拿坡里、佛羅倫斯輪番登場；密室裡的提爾達和閣樓裡的韓麗葉；接著是快馬加鞭乘坐郵件馬車；從威尼斯的公爵大牢裡逃脫出來；血淚交織的魚雁往返；一說出口就隨即打破的深情諾言；同一晚對不同人立下的山盟海誓，以及優雅、瀟灑和風流倜儻。我把卡薩諾瓦一句描述快感的句子銘記在心——「這快感唯有到無法再增長的境地時方可休止」。我把書闔上，穿上毛靴，去冰層上的小洞汲了兩桶水，一面想著羅馬的貝里諾蝶蕾姿，和薩雷諾的蕾歐妮妲。

讀著花花公子的書，卻過著莊稼漢的生活。

今天還有很多時間。在巴黎的時候，我幾乎從來不曾檢視自己的內心狀態。我並不覺得當時的生活形式適合用來觀察心靈的大大小小地震紀錄。在這裡，在無盡的寂靜中，我有足夠的時間去探勘自身地層板塊的不同結構。隱居者不禁自問起一個問題：人忍受得了自己嗎？

窗外的好戲如此精采，家裡的電視怎麼還有辦法留得住呢？

山雀又回來了。我在鳥類圖鑑裡翻找牠的檔案。根據生於一九四一年且著有包括「知名」歐洲鳴禽目圖鑑等多本著作的瑞典作家拉斯．史文森所言，褐頭山雀的叫聲特徵如下：「唧唧吖吖吖」。但我這隻山雀一句話也沒說。我從下一頁得知竟有一種山雀名叫「暗山雀」。

這隻小動物的造訪讓我滿心歡喜，牠讓整個下午歡快了起來。才短短幾天，我學會了只以這樣的景象就感到滿足。太厲害了，居然這麼快就擺脫掉都會生活的各種奇形怪狀舊習慣。一想到我以前在巴黎過完一天必須歷經那麼多的活動、會面、閱讀和拜訪，頓時感到不可思議；而現在我竟能只因為這隻鳥就覺得無比滿足。小木屋的生活也許是一種退步，但會不會在這種退步中也存在著進步呢？

二月二十五日

我於正午在風中出發。我去拜訪鄰居沃羅迪亞，他是駐守在耶羅辛岬末端的狩獵監督官，耶羅辛岬位在我小木屋往北十五公里處。他和妻子依莉娜一起住在那裡的一間俄式小農舍，他們的居所即是貝加爾雷納生態保護區最北的疆界。五年前，一次搭乘烏拉山的邊車[5]在冰面上遊覽時，我曾見過他，當時我很喜歡他那顆豎著濃密頭髮的扁平腦袋。我很高興再次見到他，我還記得他那雙鐵匠般的大拳頭：簡直像能把人手搥扁的兩個大榔頭。

在保護著我的小木屋的那座岬角後方，風向轉為北風了。雪松在風中揮舞著樹梢，它們如船難者般發出求救訊號。誰來救援樹木呢？

我沒料到風勢會變強。我從湖面切過去，往耶羅辛岬的方向走，並保持在距離湖岸一、兩公里左右。我身上緊緊裹著我的「加拿大鵝」牌外套，這外套是專為零下四十度氣溫設計的。我臉上罩了橡膠面罩，戴著登山護目鏡，還穿戴了極地用的連指手套。我花費二十分鐘著衣整裝，重點在於肌膚半寸也別暴露在風中。

今天貝加爾湖得了硬化症。雪花剝落了。勁風如啃咬般扯掉積雪，在黑曜岩般的冰面上四處留下白色斑片，就像虎鯨皮膚上的白色斑塊一樣白。冰層愈是裸露，該處表面就顯得愈黑。

我的釘鞋緊緊嵌入漆釉般的冰層。要是沒穿釘鞋，我早就被強風吹回岸上。強風從山頭下來，把樹上的積雪吹得乾乾淨淨。後來沃羅迪亞告訴我，風速有時會高達時速一百二十公里。勁風逼得我必須傾身行走，有時一陣風颳來，我甚至當場釘在原地動彈不得。

我從我狼毛帽子的開口，望著那一小塊框在帽沿中的冰地。一絲絲的雪花在鏡子般的冰面上蜿蜒，如蛇髮女妖般魅豔。在由冰霜重新接合的裂縫處，新結的冰是土耳其藍的、是珊瑚礁的顏色。隨後，接續這短暫熱帶插曲的，是一大灘深色玻璃。陽光在一道道裂痕中投射出液態蛋白般的光影。有些氣泡受困在冰層中。這些珍珠色澤的女妖蛇髮，使人不太敢把腳踏上去。海洋式景象隔著我的護目鏡波瀾起伏。我閉上雙眼時，它們仍烙印在我的視網膜上。

到了第三個小時，我面向風，冒險朝西方山巒瞥了一眼。高樹四處認真站崗，一路站到海拔九百公尺山不要它們了為止。山腰的褶襉裡，有山谷在穿梭。再過四個月，這些山

5 side-car，即側邊加裝單人座位、由兩輪變成三輪的摩托車。

谷將接收到融雪之水，並把融水傾倒至湖盆中。我一抵達山谷口，由於峽谷效應的緣故，風勢加劇了。居然曾有作者企圖描寫這種地方的景致有多美，真是痴心妄想。

我幾乎把所有傑克・倫敦、灰鴞、李奧帕德、詹姆士・庫柏和不少美國「自然寫作」作家的紀實都啃完了。閱讀這些文字時，不曾有任何一頁能帶給我親臨野外現場時十分之一的感動。然而我仍將繼續閱讀和寫作。

每小時總有兩、三次，一陣強風會來吹亂思緒。湖面持續迸裂。一如拍岸浪濤聲、瀑布飛濺聲和鳥兒鳴唱聲，冰層的摩擦聲並不會擾人清夢；但是引擎聲、同類的打鼾聲或屋頂漏水聲卻叫人無法忍受。

無法不想到過往的逝者。曾有數以萬計俄羅斯人葬身這座湖底，滅頂者的靈魂是否順利浮回水面了？還是被冰層擋住了？是否找到通往天國的洞口了？這便是個基督教基本教派信徒該坐下來想想的爭議題目。

我費了五個小時才抵達耶羅辛岬。沃羅迪亞把我緊緊擁入懷中並對我說：「鄰居你好。」現在，我們一共有七、八人——包括來串門子的漁民、他、依莉娜和我——圍坐在木桌前，拿餅乾浸泡熱茶填肚子。我們不過聊著自己的生活，我就已經累壞了。漁民們爭執不休，人多嘴雜，紛擾雜遝。他們每說一句話就義憤填膺互相拉扯推擠。小木屋變成監牢。友誼禁不起任何打擊，友誼連同居一室也禁不起。

窗戶的另一頭，風繼續鼓譟。一朵朵雪雲如幽靈列車般定時經過。我想起那隻山雀。我已經開始想念牠了，人居然這麼快就依戀起其他人事物。我不禁為這些奮鬥不懈的小動物感到不捨。就算天寒地凍，山雀仍守在樹林裡，牠們不像去埃及過冬的燕子那麼勢利。

過了二十分鐘，我們沉默了下來，沃羅迪亞望向屋外。他能在窗前坐上好幾個小時，臉孔既明又暗，一半沐浴在湖光中，一半留在陰影裡。光線為他雕畫出英勇大兵般的五官線條。時間有能力在皮膚上做出流水有能力在土地上做的事；它在淌流的同時，對表面加以刻鑿。

晚上，共進晚餐，和一名漁民聊天聊得欲罷不能。他宣稱主導這世界的人是猶太人（但主導法國的是阿拉伯人），說史達林是真正的好領袖，說俄羅斯人所向無敵（那個沒用的希特勒來俄羅斯不就吃癟了嗎？），說共產主義是一套超強的制度，說海地大地震是美國一顆炸彈震波所導致的，說預言家諾斯特拉達姆斯說的是對的，說九一一恐攻是老美自導自演，說勞改營的史學家們都是叛國賊，還說法國人都是同性戀。我想我以後還是隔久一點再來串門子好了。

二月二十六日

沃羅迪亞和依莉娜過著走鋼索般的生活。他們和對岸的居民沒有來往，從來沒有人跨湖往來。湖的對岸是另一個世界，是太陽升起的世界。有時漁民或住他們家南邊或北邊的巡邏員會來拜訪他們。他們鮮少涉足附近山上，他們就只待在這條湖岸線上，守著湖畔的一個定點，平衡地立足在湖與森林之間。

今天上午我有幸參觀了依莉娜的藏書。她自蘇聯時代即蒐藏了一些舊版本，包括司湯達、華特・史考特、巴爾札克、普希金。最近期的一本藏書是《達文西密碼》。以趨勢來看，文明素質略微降低了。

然後我在水面上行走，回家了。

二月二十七日

在這世上獨居是一種奢侈，「串門子」則是一大問題。我在伊爾庫次克聽說有位法國作家出版了一本厚厚的小說，書名叫《在一起就好》。這其實很不容易呀，甚至可說是最大的挑戰。我覺得我們表現得不是太好。動物和植物等有機生物體能在平衡中共處，牠們以和諧的方式互相毀滅、互相殺害、互相繁衍。這協奏很調和；人類的腦袋呢，彼此卻沒辦法好好相處。我們演奏出來的樂音不成旋律。

下雪了。我在閱讀賈克．拉凱葉的《醉心於上帝的人類》，這本書講的是九世紀埃及沙漠裡的隱居者。一些蓬頭垢面的先知，趁著當頭烈日，離開家人，走進沙漠。他們在沙漠清苦洞穴裡過著艱困的生活，然而上帝從不曾降臨造訪，因為祂和所有神智正常的人一樣，更喜歡拜占庭宏偉華麗的圓頂建築。這些隱士想逃避世代的誘惑，但某些人犯了狂慢的罪過，因為誤將對世代的戒防和對同儕的鄙視混為一談。隱士們在嚐過獨居生活的禁果後，無一人返回塵世。

社會並不喜歡隱居者。社會無法原諒他們的遁逃。社會譴責隱居者竟敢從容灑脫彷彿挑釁般對它們說：「你們繼續吧，別管我了。」隱退即是不再奉陪自己的同類。隱居者否定了社會的志向——他本身即是對社會志向活生生的批判。他玷汙了社會的協定。社會怎麼能接受這樣一個擅自越界且我行我素的人呢？

下午四點，尤拉臨時來訪。他是歐爾庫隆島上歐蘇雷氣象觀測站的觀測員。

冰層在觸碰到湖岸後裂開了，一道一．二公尺的裂縫使車輛無法停在邊坡上。最近下了雪，我的湖岸又恢復原本的純淨面貌。尤拉把他的小卡車停在裂縫旁，他正忙著帶一位澳洲女性觀光客遊湖。

我在桌上擺放伏特加酒杯，我們在娘胎般的溫暖中緩緩灌醉自己。這名澳洲女子對一些事情不太明白。

「你有車嗎？」她用英文問。

「沒有。」我用英文答。

「有電視嗎？」

「沒有。」

「萬一遇到狀況怎麼辦？」

「我會去走一走。」

「你都到鎮上買食物嗎？」

「這裡沒有村鎮。」

「你都在路邊等著搭便車嗎？」

「這裡沒有道路。」

「這些是你的書嗎？」

「對。」

「統統是你寫的嗎？」

比起沼澤型的人類性格，我更偏好結冰湖面型的人類性格。結冰湖面型表面上又冷又硬，底下卻有深度、百轉千迴且活力蓬勃；沼澤型乍看溫和綿柔，水面下卻是停滯又排外。這名澳洲女子不太敢坐在充當板凳的圓形原木塊上。她對我投以異樣眼光，屋內的混亂，大概印證了她覺得法國人是個落後民族的想法，並因此讓她感到安心。尤拉離開時，我已經醉得和摩爾多瓦電車司機不相上下，正適合去溜冰。

昨天的勁風將溜冰道拋過光。我在結冰湖面上，像海豹一樣優雅溜冰。一些裂口使大塊大塊的土耳其藍變得層層片片。我避開重新凝結了的象牙色裂縫，在這片紋理上保持平衡。山巒互相輝映，它們宛如嬌羞的女舞客，身穿拘謹的白色舞裙，扭扭捏捏羞赧地踏進舞池來。

就在我的冰刀卡到裂縫、把我重摔在地上之前，我還在想那些穿著一身鬥牛士式亮片緊身舞衣的運動員，在冰場上翩翩遨翔，一面把粉嫩的捷克女選手高舉到頭上，面前是一排簡直像剛從尼斯賭場走出來的老太太評審，她們忙著舉起標有數字的小牌子，而這些數字的總和，將為該名運動員博得那女孩的一枚香吻，或是冰冷的淚水。

我拖著一雙受傷的腳踝，狼狽地回家。

晚間，天空在呼吸透氣，溫度驟降。我全身裹得緊緊的，在我的木頭長椅上——釘在兩個圓形木塊上的一片松木板——度過了極美妙的一個鐘頭。我坐在森林的外緣，坐在我面向南方那扇窗戶前的樹下。那棵樹在西風的蹂躪下，枝葉往湖的方向下垂，形成貝殼的形狀。而我在這間提供假想暖意的渺小陋室中，望著如一口黑井般的貝加爾湖。那團厚厚的冰塊在我眼中就像一只噩夢般的大熔爐，我感覺得出那鍋蓋下的空間正在運作的巨大力量。那地下室裡，有自成天地的各種動物在咀嚼、齧食和啃咬。在湖底更深處，海綿緩緩搖擺著牠們的鞭毛；螺貝類盤繞著殼上的螺旋紋，拍打時間的節拍，創作星座形狀般的珍珠光澤珠寶；面貌凶惡的鯰魚在淤泥地區出沒；肉食性魚類浮向水面，大啖夜間盛宴，對甲殼類大開殺戒；成群的紅點鮭魚一起在湖底勾勒舞步；細菌翻攪著殘渣，將殘渣消化分解，淨化水質。這晦暗的翻騰攪拌，在鏡般的湖面下，在寂靜中進行，而星星們連將自己映在這面鏡子上的力氣也沒有。

二月二十八日

今天早上颳起八級大風。大風捲起紛飛的雪花，溫柔又強悍地將雪花掃印在雪松林外圍的青銅色牆面。收拾整理了兩個小時。小木屋的生活，一如小船上的生活，會把人逼得像有強迫症。千萬別落得像那些船員一樣，對他們而言，收拾整理成了一種自身的末日，他們已澈底降下船錨，在碼頭邊腐敗，終日都用來整頓一個已然消殞的人生。

搬入一間西伯利亞極簡小屋，就是在對抗將人類掩埋的囤物墳塚，並於此戰役中奪勝。山居生活驅使人將自身斷捨。人會拋開束縛自己的負擔，卸下熱氣球般人生中不必要的重量。早在兩千年前，高原上的游牧民族——印度薩爾馬提亞人——就已懂得把財物珍藏在小木箱裡。人所擁有之物的稀罕度，和人對該物的珍愛程度，兩者間是成正比的。對於在西伯利亞森林中討生活的人來說，刀和槍就像枕邊人一樣珍貴。一個曾陪伴我們出生入死的物品，占有舉足輕重的地位，並散發出獨特的光芒。時間會賦予它光澤；歲月使它更顯堅韌。和眼前不值一提的家當長時間相處後，才能學會愛上家當中的每一件物品。不久，投向刀子、茶壺和油燈的關愛眼神，會愛屋及烏般繼續推往物質和元素：湯匙的木材、蠟燭的蠟脂和火焰。物的本質逐漸揭露，我彷彿能看透它們的奧祕。瓶子呀，我愛你，小刀呀，我愛你，還有你呀，木頭鉛筆，和你呀，我的茶杯，以及你呀，我這如一艘受創船隻般冒著煙的茶壺。外頭狂風大作、冰雪交加，要是我不用愛填滿這間小屋，小屋恐怕會解體。

我靠著奇蹟般復活的衛星電話得知，我妹妹的孩子出世了。今晚，我將為她舉杯慶祝，並灑一小杯伏特加敬大地，大地即將迎接一個新生命到來，雖然從不曾有人事先徵求過她的同意。

雪地上的詩篇

湖灣即是我的領土，
小屋即是我的城堡，
山雀即是我的弄臣，
我的回憶即是我的子民。

整個上午都在劈柴。遮雨棚下，堆起一座木柴小山。這裡的細木柴夠我取暖十天了。隱居時，體力的消耗量很大。生活中，人可以選擇讓機器勞動，或自己身體力行。以前者情形來說，我們是把照顧自己需求的任務交由機械代勞。由於完全擺脫付出勞力的必要，我們的活力也隨之流失；以後者的情形來說，為了滿足生活所需，我們啟動了身體機制運轉。人愈不靠機器服務，肌肉就愈發達，身體愈結實，皮膚愈緊緻，容光愈煥發。精力會重新分配，能量會從器官的腹地散布到全身。在森林裡討生活的人是活力四射的能量中心。他們如果走進一處廳堂，他們的氣場會立刻滿布全場。

才過幾天，我就注意到我身體的變化：手臂變粗了，雙腿變壯了；不過——這是底棲動物和酒鬼的特徵——肚子變鬆了，皮膚變白了；血壓下降了，心跳放慢了。由於活動空間有限，我學會讓動作變緩，卻連心靈本身都沉澱了下來。由於少了交談者的對話、反駁和嘲諷，比起住在都市裡的那些親戚，隱居者會變得較不有趣、較不活潑、較不尖銳、較不市儈、較不敏捷。他雖不再那麼伶俐，卻更富詩意。

有時候，就想什麼事也不做。我在桌前坐了一個鐘頭，密切關注陽光光束在桌巾上的移動路徑。光能讓它觸及的一切事物顯得尊貴：木頭、書背、刀柄、臉龐曲線，以及流轉歲月的曲線，甚至是漂浮半空中的塵埃。在這塵世上，即使一粒塵埃也絕非微不足道。

我這下居然關心起灰塵來了。看來三月會很漫長。

三月

時光

三月一日

今天是我父親的生日。我想像他們在法國北部吉斯鎮的慶生晚宴。每年，我們家族的人都會相聚在那些已改造成餐廳的十八世紀馬廄。現場總會有比利時親戚、啤酒、葡萄酒、紅肉和從磚砌拱頂落下的光線。他們八成是冒雨趕來，現在正在溫暖的室內共進晚餐。餐桌就設置在昔日馬兒大口咀嚼草糧的餵草架下方，過去上百匹馬在這裡享有溫暖，如今卻改睡在戶外、露宿在埃納省的夜色裡。我不喜歡教堂被改造成軍火倉庫，同樣地，我也不喜歡馬廄變成聚餐食堂。我在一只杯子裡注入五十毫升伏特加，把酒杯舉向西方，然後一飲而盡。

我的父親呀，他來這裡會快樂嗎？他不會喜歡這種自然環境。他喜歡辯論、戲劇，和還有他那些對話。他活在對白的世界裡。在西伯利亞森林中，沒有交談的可能。當然，人還是可以盡情自我表達。他隨時可以像芬蘭小說家亞托．帕西里納筆下的《磨坊主人》那樣大吼大叫。只不過，吼叫毫無用處。從生態的觀點來看，卡繆《反抗者》的概念是種畫蛇添足。在高海拔森林裡，唯一的美德就是接受。這是修行者、動物，或更甚者——石頭！——的美德。泰加林僅僅提供兩件事：一是它的資源，而我們也毫不客氣地侵門踏戶；二是它的漠然。就舉月亮為例吧。昨天，它很明亮。在札記上，我寫道：**月亮這頭犀**

牛，以它象牙色的犄角，刺傷了非洲色黑夜。對於這種難登大雅之堂的浮誇語句，月亮呀，根本不屑一顧吧？

今晚，我讀完一本犯罪推理小說。閱讀完畢後的心情宛如從麥當勞用餐出來：覺得噁心，略感丟臉。書本身高潮迭起，但一闔上就忘得一乾二淨。足足四百頁篇幅，只為了弄清楚究竟麥克．道格拉斯把麥卡．法蘭大卸八塊用的是抹油刀還是冰錐，書中人物只能被迫按照強勢霸道的劇本演出，繁複大量的細節只為掩飾劇情的空洞。這些小說被稱為「犯罪」小說，難道只因為它們和乏味的筆錄如出一轍嗎？

半夜，我在湖面漫步。該如何找回七年前初次來到這片漆黑湖畔時心中的感動？當時的我只能用福至心靈來形容。我在湖邊最初那幾晚令我興奮難眠的「對這塊地的熱情」去哪裡了？我的小木屋太舒適，令知覺變得遲鈍。生活太便利反而阻滯心靈。十五天對我而言已經見效：我感覺自己像個在地人。我很快將熟識每一棵松樹，就像我熟識巴黎住家附近的每一間小酒館一樣。對一個地區感到熟悉，就是死亡的開端。

茅廁，離我的小木屋大約一百二十步——包括一個在地上挖的洞，和一個釘得零零落落的木板遮雨棚。昨夜上茅廁時，我想起了達芙尼・杜穆里埃的短篇小說《蘋果樹》：有個人在大寒之夜，被一棵樹的樹根絆倒，這棵樹是昔日他所憎恨的女人所種下的。我幻想著自己於零下三十度低溫路面跌倒，面前屋頂上仍飄著煙，我卻將命喪於離小木屋僅五十公尺處。冰層的迸裂聲將充當我臨終的禱詞。我將不再掙扎，緩緩迎向美好的靜謐，一面心想：「哎，這樣也未免太蠢了。」啊！那些迷了路、結果死在離家僅幾公尺處的人呀。短短十步路即可得救，可是避風港大門卻恍如遠在天邊。黑澤明曾拍過一部探討這議題的電影：有一隊登山客在大風雪中差點凍死，離營區帳篷僅咫尺之隔。還有史考特！他垂死掙扎時，距離他的補給倉庫才不到二十公里，記得嗎？瑞典探險家斯文・赫定呀，他的遭遇恰恰相反：在塔克拉瑪干沙漠時，他以為自己沒救了，準備等死，卻出乎意料遇上綠洲。

三月二日

小木屋往南八百公尺處，一巨大的岩塊劃破了森林。岩塊頂部矗立六棵落葉松，使岩塊形狀儼然如一顆松果。這顆松果的錐頂比湖面高出約一百多公尺。通往岩塊底部的湖畔邊坡上，散布著山貓足跡。我攀爬得很吃力。岩壁上積了不少雪霜，雪深及大腿，有時腳還踩空掉入兩塊大石間的洞裡。從岩塊頂端俯瞰，貝加爾湖就像一片遍布象牙色血管紋路的平原。森林的靜謐籠罩這處天地，而這片寂靜的回音已有上千萬年那麼古老。我會再回來這裡。日後需要登高望遠時，這顆「松果」將是我的眺望塔。

薩沙和尤拉——即十五天前在塞戈伊家認識的那兩位漁民——來探訪我。我按照慣例擺出酒杯。人生中，能和同伴乾上兩杯、擁有溫暖的安身之處，堪稱難能可貴。鍋爐善盡職守，氣氛讓我們慵懶放鬆下來，眼皮變得沉重——顯示生理上非常舒適。伏特加下肚，思緒變得飄飄然，身體感到滿足。我們一起抽菸，空氣變得厚重，話語漸少。和俄羅斯的森林居民在一起，總讓我心情放鬆，因為我覺得找到一群讓我有賓至如歸感覺的人，我好希望自己當初出生在這樣一群人之中。不必硬是發想交談話題的感覺很好。在社會上生活最大的困難是什麼呢？就是時刻都得找話題聊。我不禁回想起在巴黎走跳的日子裡，嘴巴上經常要對一些不認識的怪咖，焦躁地喃喃唸著「最近好嗎」和「很快再約喔」，而他們也連忙回我相同的話，彷彿彼此都驚慌得不知所措。

「不會冷吧？」過了一會兒，薩沙說。

「還好。」我說。

「下雪了？」

「超多！」

「到處都是？」

「前天。」

「塞戈伊？」

「不是，尤拉・烏佐夫。」

「尤拉・烏佐夫？」

「對，尤拉・烏佐夫。」

「喔，那個尤拉……」

「對，同名同姓。」

在讓・紀沃諾的《世界之歌》中也能讀到這樣的對話。小說一開始，河畔之人安東尼歐對森林之人馬特羅說：

「這就是人生。」安東尼歐說。

「這是森林，比人生更好。」馬特羅說。

「各有所好。」安東尼歐說。

「交談愈少，日子會愈好過。」尤拉說。不知為何，但我想起了榮─方索瓦．柯貝[6]。很想告訴他，他有危險了。

薩沙留了一桶五公升的啤酒給我。晚上，我緩緩喝掉了兩公升。啤酒或廉價小酒館，都是苦命人的酒精來源。啤酒是一種麻醉劑，能麻醉思緒，並溶解掉所有想反抗的念頭。有了啤酒這把利器，極權政府就能撲滅社會上的火災。尼采很痛恨這種尿水般的黃湯，因為啤酒會使「心靈變得笨重」。

用木棍在雪地寫下：

我們在世間上，有時是墨跡，有時是畫筆。

三月三日

我仍記得以前旅行時，曾徒步走在喜馬拉雅山，騎馬攀爬天山山脈，還有三年前，在

6 Jean-François Copé，法國政治人物，曾任法國政府發言人。

烏斯秋爾特高原上騎單車。當時，征服一座山峰是何等喜悅。拚掉一公里又一公里的路，彷彿殺紅了眼，簡直想把整條命都用來不斷前進。有時候，我像著了魔，發瘋似地拚命走，走到自己筋疲力竭。在戈壁高原上，我停下來過夜時是「就地」躺倒，倒在我邁出最後一步之處，隔天眼睛一睜開，就機械式地繼續上路。當時我扮的是狼，現在則演熊；我想要深深扎根，之前我是風，現在想成為地。當時我一心只想讓動作不斷串連下去，對空間上了癮。我在追著時間跑。我以為時間躲在地平線的另一頭。「藉由密切使用，彌補其匆促流轉」（蒙田《隨筆》第三冊），這就是我面對時間流失的應對之道。

自由的人乃擁有時間，能主宰空間的人只是強大。在都市裡，分秒、時日、年歲從我們指縫中溜走。它們從受創的時間傷口流去。在小木屋裡，時間平靜了下來。時間宛如乖巧老狗般躺在你腳邊，一時間，人甚至忘了它的存在。我是自由之身，因為我的日子是自由的。

每天早上，鍋爐升溫的同時，我便去距湖邊三十公尺處鑿的水洞汲水，今天也不例外。夜裡，洞口會重新結冰，我必須破冰才能汲水。我在原地站了一會兒，凝望整片泰加林。忽然間一隻白色的手（這湖水曾吞噬過多少滅頂者）從洞裡竄出來，緊抓住我腳踝。

這幻覺太栩栩如真，我不禁後退了一步，鬆開了手中的冰錐。我的心臟怦怦跳。沉睡的湖水是邪惡的。湖泊常散發出一種憂鬱氣息，孤魂野鬼在此地流連徘徊，絮絮叨叨泣訴著自己的心悲。湖泊是小地窖。水底會散出惡臭，植物是湖蒙上的幽暗映影。在海上，浪濤、紫外線和鹽分能化解所有神祕，讓一切顯得光明坦蕩。這片湖灣裡發生過什麼事？出過船難嗎？有過恩怨嗎？我並不想和想不開的靈魂共處六個月。我自己就夠想不開了。我手上提著兩桶水，回到溫暖的小木屋裡。從窗戶往外看，冰層上那個小洞猶如白色桌巾上一個黑色斑點——一個連接不同世界的危險針孔。

每天下午，我都會穿上踏雪板，到森林裡走上一個半小時，去山上另一側森林外圍。

我喜歡進入森林。從邊界一踏進去，聲音就減緩了。在法國或比利時，我每每踏進哥德式教堂裡，也體驗到相同的沉澱感。體內油然生起一股平和，眼皮變得沉重，並朝大腦額葉散發陣陣微溫。不論看到石灰石的光澤，或樹脂的光澤，都讓我內心升起悸動。而如今，比起石砌的教堂中殿，我更喜歡喬木林。

樹下積著深雪，風從來吹不走這積雪。雖然已穿上踏雪板，我仍陷得很深。山貓、狼、狐狸和貂於夜間行走，野外的悲劇可從足跡中略窺一斑，某些足跡帶有斑斑血跡。足跡是森林的話語。動物並不會陷得很深，牠們的腳掌面積乃依牠們的體重量身訂作。人類太重了，無法行走在雪地上。偶爾會傳來松鴨的鳴聲，或只剩下寂靜。牠們宛如尖塔上的羽毛哨兵，從松樹頂端拋出叫聲，因為有人闖進了牠們的家園。在穿越動物的領地時，從來沒有人事先徵求動物的許可。

樹上披著苔蘚地衣。很久以前，我讀過一篇童話，故事中作者想像天神在樹林裡漫步：祂的外套被樹枝勾破，於是碎布成了地衣。

松樹的憂愁：它們似乎在挨凍。持續往上走了一小時後，高度計顯示七百五十公尺。再努力一下，過了海拔九百公尺後，森林就將繳械投降。那上頭，受到暴風刨打的積雪，形成一片堅硬表面。踏雪板踩起來很穩，我攀登速度變快了，於是選擇攀爬其中一條狹窄的山谷。出了森林後，仍有幾棵落葉松頑強奮鬥。它們離群獨居，扭曲的枝幹，在密布崎嶇紋路的青金石色湖面襯托下，更顯鮮明。枝幹的金色、湖面的藍色、冰層紋路的白色，儼然是葛飾北齋的調色盤。

有時候，立足之地忽然不見了。積在一叢矮松上的雪，被我壓垮了。我跌進漁網般的枝葉裡，踏雪板和枝葉糾結在一起。我不禁在洞底破口大罵。俄國作家薩拉莫夫在《科雷馬短篇集》中，仍記得他被囚禁於西伯利亞一處勞改營時，勞改營四周長了一圈矮松；五月氣溫回升時，這些矮松也掙脫了積雪的束縛。它們挺立起來，宣布春天和希望的到來。

來到一千公尺的高度後，我爬向最深谷底線側邊的岩石山脊。背景湖面清楚襯托出鋸齒般的岩石山脊。我有些朋友的人生只為此而活：登上寒風刺鼻的高山頂，懸掛在天與地之間，來到一個只有抽象形體而沒有氣味的國度。他們如果下山回到山谷裡，生活彷彿有惡臭。在都市裡，登山客是一群過得不快樂的人。我藉由雪面露出的兩個石塊，生了火，用火煮了茶。火和我肩並肩抽著菸。我們向古老的貝加爾湖獻上我們的祭拜之香。待在山頂上這幾天，我全心享受著自身存在的純粹美好：獨自一人在湖前抽菸、不打擾任何人事物、不需對任何人逆來順受、不渴求既有感受外的任何事物，同時知道大自然並不嫌棄我們。人生中有三種必要元素：陽光、觀景臺，以及一雙提醒自己說自己曾努力過的鐵腿，還有一些蒙特克里斯托小雪茄。幸福就像一口雪茄菸霧般稍縱即逝。

現在零下三十度。太冷了，不適合慢慢賞景。我挑選一條廊道滑行下山，我靠著抓住砍伐時保留的梣樹幼樹和山茱萸樹枝幹沿路減速。我回到松樹和樺樹林裡，陷進沉睡中的積雪，一個鐘頭就返抵湖邊。我僅大致憑感覺摸索了一個方向，結果在湖畔的降落地點離小木屋並不遠。看到小木屋時，我內心很高興，它在迎接我。我回到屋裡，我關上家門，替鍋爐生火。等到五月，我一定要登上我這塊地區的最巔峰。

希臘神話中太陽神海柏利昂的名言：「別讓自己被浩瀚巨大給踩扁，要懂得把自己關進最狹窄的空間，此謂神聖。」簡單來說，溜達完這趟路並飽飲了貝加爾湖的浩瀚後，要記得向美神的小小使者——雪花、苔蘚地衣、山雀——打聲招呼。

三月四日

陽光從窗外投射進來的輕撫，差可比擬愛人之手的愛撫。退隱山林時，人唯一能忍受的擅自闖入者只有陽光。

如果想讓一天有個好的開始，盡自己應盡的責任是很重要的。從打招呼開始，依序為：太陽、貝加爾湖、小木屋前的小雪松。每天晚上，月亮都把它的照路燈掛在這棵小雪松上。

我所居住之地，是個凡事皆可預測的國度；所流逝的每一天，都如昨日的翻版，也是明日的藍圖。時日差異來自天空顏色的轉變、禽鳥的來去，和千萬種幾乎察覺不到的細微變化。人類世界音訊全無之後，雪松樹細葉上的一抹新色澤，或雪上的一道新光影，都成了轟動大事。我今後再也不會瞧不起那些盡聊下雨和好天氣的人。對氣候的任何關注，都是對宇宙的關注。這話題的深度，絲毫不亞於探討薩拉菲運動分子如何滲透巴基斯坦三軍情報局。

隱居者所無法預料的事，是他的思緒。唯有思緒能打斷每小時都一模一樣的時間長流。需要做白日夢，才能為自己帶來驚奇。

我仍記得兩年前，我登上了法國海軍的訓練艦「珍妮號」。我們從蘇伊士運河出發，在地中海緩緩航行。沿途陸續經過一些島嶼和海岬。軍官們在艦橋上，望著島嶼和海岬一一橫過，始終保持沉默。一看到崎嶇的海岸陸地浮現，每個人內心都暗自歡慶。今天，我懷著和當時望向舷窗外相同的心情望向窗戶外。我此刻企盼的是明與暗，是光線的震盪，而非企盼不同的海岸景致。當時在甲板上，我們期望空間的遷移能為我們提供娛樂；如今在小木屋裡，時間帶來的各種突如其來、微不足道的小事，便足以達到相同效果。我如一艘無風停駛的帆船，原地航行。假如有人問我：這幾個月你都在幹嘛？我會回答：「展開一段海上旅行。」

在小木屋的裡或外，對時間流轉的感受是不同的。在屋內，時間是潺潺小溪般的舒適愜意；屋外，在零下三十度的低溫下，每一秒都是一耳光。在冰層上，時間變得遲緩，寒冷讓流動停滯下來。因此我的門檻不只是塊木條，分隔了溫暖與冰冷、富足與險惡，更是個閥門，接合一只沙漏的兩座流沙池，而這兩座流沙池的流速並不一致。

西伯利亞小木屋的建造，並不遵循文明世界的建築規範。在這裡，沒有安全法規，沒有協助，沒有保險。俄羅斯人向來以不做任何防範措施著稱。在這塊九平方公尺的空間裡，人的身軀就穿梭在滾燙的鍋爐、垂掛的鋸子，以及插在木樁上的刀子及斧頭之間。換作在凡事小心謹慎的歐洲，這種小木屋早就被夷為平地了。

我整個下午都在鋸一棵雪松。這是苦差事——木質很密，金屬鋸齒很不好推。喘口氣，往南方瞧一眼。景致平靜、無瑕、有條有理：湖灣的弧形曲線、天際的硫磺色彩霞、松樹的尖錐形體、皺褶岩壁的宏偉壯麗。小木屋坐落在一幅唐卡中央，四周有湖泊、山巒和森林等世界，分別象徵著死亡、永恆回歸和神聖純潔。

這棵雪松稍細，但應該有兩百歲了：在這裡，生物廣度不足時，便以強度來彌補；這裡的樹木無法爆炸成一大片茂盛綠林，然而它們的骨肉堅硬如大理石。

又休息了一下。去年，我造訪俄羅斯遠東地區位在薩瑪嘉河谷山腰上的一些伐木場。莫斯科正把自己的泰加林賣給中國人。電鋸默默從外往內鋸割著森林，森林如賣肉般一斤一斤被剁下售出，那些黃種人如蛀蟲般精準地鋸斷樹幹。這其中某些樹的命運很耐人尋味。這些雪松樹生長於一處原始山谷的山稜線上，熬過了一百或一百五十載西伯利亞寒冬，結果被鋸切成筷子，被上海一名工人用來撈湯麵放入嘴裡，而這名工人正是被雇來建蓋一座以外國人為對象的購物中心。對這些松樹來說，目前時局很不好。塞戈伊告訴我，在那上頭，也就是貝加爾湖旁山頭的另一邊，在雷納生態保護區的深山裡，伐木工人們已經開始動工了。

俄羅斯人明明對他們廣大的祖國那麼自豪，卻對大面積的山林砍伐毫不在意。幻覺讓他們以為自己所居住的國度無所不能，誤以為他們的天然資源取之不盡、用之不竭。比起在廣袤的俄羅斯平原上焦慮難耐，在瑞士的各種小規模高山牧場裡，還更容易讓人形成環保觀念。

我也砍下一棵已枯死的樺樹，這樹皮將可充當生火時的火種。樹皮上密布一道道刻痕，林間是否曾有山靈用它來記錄時日？

我回來時，生長在邊坡的釘耙狀樹根上，覆蓋了大片大片的雪花。

三月五日

再次前往山巔那頭的國度健行。我去尋找塞戈伊告訴我的瀑布：「走路約莫一個半小時，高度在一千公尺上下。」我穿著踏雪板，從雪松林線往上，沿著等高線在岩地上漫步。在山腰一處峽谷頂端，標高九百處，我巧遇瀑布了。冰瀑始於一處頁岩山壁頂部的新月形縫口，騰空濺落，在黑色岩石表面結起珍珠色的冰霜。

沒有任何鳥鳴叫，寒冬把生命凍僵了，這世界還在靜待甦醒的時刻。雪、瀑布、雲朵，甚至連寂靜，都凍結不動了。有朝一日，萬物將恢復運轉；暖意將從天而降，春天之流將為大自然體內注入活力，動物血管裡將有新血流動，溪谷裡將被注滿泉水，樹液將恢復脈動，葉子的嫩芽將從芽苞穿透出來，冰雪將呢喃說它們想回到湖裡，蟲卵將孵化，小蟲將從土裡冒出頭，山壁上將覆滿魔爪般的小溪流，朝氣將在山坡上潺潺淌流，動物將下山飲水，夏季的雲朵將往北飄移。眼下，我只能獨自奮鬥，在積雪中努力回家。

晚上，溜冰去。在冰面上滑行了一個鐘頭。美景在我眼底下如走馬燈般連番上陣——漆黑色的冰層、水藍色的崎嶇紋路——活像八〇年代的香水廣告。

冰面上，有一區小島般的積雪從大風中倖存下來。我讓自己在這島岸上擱淺，抽根小雪茄。貝加爾湖上的冰塊迸裂聲在我骨頭裡迴盪。能生活在一座湖邊真好。湖水帶來了一場關於對稱（湖岸及其倒影）的精采好戲，也帶來一堂關於平衡（收進來之源水和排出去之流水間的收支平衡）的課。如果想保持既有的水位，真需要一種奇蹟般的精準度：輸入湖床帳戶的每一滴水都將重新配給出去。

生活在小木屋裡，便是有時間去關心這類事情，有時間把它們寫下來，並有時間重讀自己所寫的內容。最棒的是，把所有這些事情統統完成後，時間居然還有剩。

今晚站在窗臺上的，是山雀，我的小天使。

三月六日

今天早上我賴床了。透過被窩開口，隔著窗戶，我望著那顆黃澄澄的大桃子從布里亞特山頭升起。有朝一日，太陽一定要告訴我們它早上起床的動力是哪來的。

一陣強風從門底下灌入一波刺骨寒流。隱居者孤獨嗎？哪裡孤獨了？空氣從木楯間溜進來，陽光灑滿整張桌子，抛出一顆石子的距離外就有一大片水域，木板下這裡就是土壤，樹林的氣味從縫隙鑽進來，冰雪從小木屋的毛細孔滲透進來，地板上有隻小蟲不請自來。在都市裡，一層柏油使腳無法接觸土地，人與人之間矗立著石頭高牆。

湖上劈啪作響到不行。我在熱茶前，翻開眼前這本由法國大學出版社出版的橘色封面叔本華《意志和表象的世界》。之前在巴黎，它一直端坐在我桌上，我卻遲遲不敢翻開它。有些書讓人只敢遠觀。說到底，我退隱山林是為了終於能做一些我一直不敢做的事。在第三十九章，關於「音樂的形上學」有這麼幾行字：「較低的音域是呼應較低層的範疇，即無機卻已具備某些特性的形體；較高的音符則代表植物和動物。〔……〕一切形體和一切有機體，都應被視為如源自整個地球體演化過程中的不同層級，地球體既支援著它們，也是它們的源頭；根音和較高音符之間的關係，和這完全是一模一樣的。」貝加爾湖演奏它的樂譜，發出劈啪聲和轟隆聲時，便是如此。是由無機和未分化所構成的樂章，是來自最深處的旋律，是天地之始時的交響樂。「無名」咕嚕作響，它以此低音為基礎，繼續律動，一片雪花或一隻山雀試著添上輕快的旋律。

溫度驟降。我在零下三十五度低溫中劈柴，等我回小木屋裡時，溫暖的感覺形同一種極致奢華。歷經刺骨酷寒後，人在暖爐旁聽到伏特加酒瓶蓋啵一聲打開的聲音，心中所激起的快樂，遠遠勝過一趟威尼斯大運河畔的華麗飯店旅遊。木屋居然能和富麗堂皇的大飯店相提並論，這種事，習慣下榻頂級套房的人大概永遠也無法理解，畢竟他們在進泡泡浴缸前手指並不會先凍僵。奢華並不是一種狀態，而是越過一條界線的過程，亦即過了這道門檻後，所有痛苦瞬間消失。

中午了，颳著大風，我上路了。我徒步前往離小木屋一百三十公里的烏契卡尼島。我打算花三天的時間啟程去塞戈伊的科學觀測站：一天用來登島，一天在島上住，再一天下島，最後再花三天回家。我拉了一個孩子玩的雪橇，上面擺著一袋衣物、糧食、我的溜冰鞋、盧梭的《一個孤獨漫步者的遐想》，以及昨天才開始閱讀的恩斯特．榮格札記——一位人道哲學家和一位德國南部來的昆蟲學家。這次旅伴的陣仗很大呀。

我穿越轟聲隆隆的結冰湖面。落雪在藍色冰層表面鋪上了一層白色奶油，我行走在北國天神的一塊蛋糕上。有時，陽光照亮了冰塊的鋒芒，於是耀眼的白日下恍如有星星在閃爍。裂縫以一種特定模式穿梭在玻璃般的冰層中，那是一種因折射而看似折斷的樹狀形圖案。裂紋線條相連的方式，宛如家譜樹狀圖或某些植物的枝莖。這是數學的結構，還是因遵循宇宙定律所寫下的字跡？水有記憶，那麼冰有智慧嗎（當然是一種冰冷的智慧囉）？

徒步走了六個小時，走到一處岬角時，扎伐霍特諾村出現了。一抹湖灣裡，棲息著幾棟木屋。其中僅有一棟整年有人居住，住戶是一位名為V. E.的森林巡邏員。這塊地區是保護區裡一個兩百平方公里的小天地，是個自由地帶，俄羅斯人在這裡盡情從事他們最愛的活動：胡來一通。村子以前是後勤基地，支援在海拔一千公尺開採山上微石英礦的工人團隊。微石英是用來製作黑膠唱片機的唱針頭和某些振盪器的晶片。我之所以連這種事都知道，都要感謝V. E.，他招待我住在他的俄式小農舍。他廚房牆壁上沾著厚厚的油垢，而地板很危險，有可能害人踩到魚內臟而滑倒，並撞翻其中一鍋正熬煮海豹肥肉的燉鍋。海豹肥肉是準備用來孝敬在這裡稱大王的狗兒們吃的。V. E. 曾在往南四十公里處的索爾尼奇那雅氣象觀測站當了很久的站長。以前，他酒不離手。後來中風，於是戒了酒。如今，他狀況好多了，不過牙齒都沒了。

他給我看一塊熔岩。熔岩是地質迷眼中的珍寶。

「這是世上最古老的礦物。」他說。

「幾歲了？」我說。

「四億歲了。我睡覺都把它墊在枕頭底下，希望它在夢中啟發我。」

「結果呢？」

「目前還沒有動靜。」

他又說：

「餓不餓？」

「餓了。」我說。

「要吃魚嗎？」

「好呀。」

V. E. 站在一個自蘇聯解體以來就沒打掃過的廚房裡，在桌前忙著拿鎚子奮力敲一隻冷凍魚的景象，實在很賞心悅目。俄羅斯人向來不拘小節，而且這魚很好吃。

「最近這三星期，世上有發生什麼大事嗎？」

「沒有，天下太平，那些穆斯林都在冬眠。」

三月七日

「冰上的一日」，雙眼凝望著冰上的圖案。各式各樣的裂口和縫隙，在這一大塊冰體上編織出一片枝葉般的電子紋路，電流在這紋路上焦躁地傳開來。各種線條收縮著、交錯著、散開著。冰塊吸收了撞擊的能量，把能量順著各條神經纖維重新分配下去。陣陣重擊聲劃破了寂靜，是遠達十幾公里外迸裂聲的回音。聲音透過這些紋理網絡宣洩。一束束陽光輝映著這片連通網，錯綜複雜的線路亮了起來，光芒照亮了土耳其藍的大小血管，為它們加上金色綴飾。冰層在悸動。它生氣蓬勃，我愛它。珍珠色澤的細小蛇紋，勾繪出複雜的曲線，就和神經組織或宇宙星塵的畫面一模一樣。這些盤根錯節的圖像，讓人迷幻。我沒嗑藥，也沒喝酒，腦海卻出現幻覺。天地洩漏了天機，人們看到一種前所未見的字跡。圖案接連閃逝，彷彿出自一股鴉片煙霧。我們想把全新創作的畫面投射在心靈的螢幕上，大自然卻連這點慰藉也不留給我們。

這種鬼斧神工將於五月消失，流水將把它吞沒。貝加爾湖的冰霜是一種曼陀羅，將被暖意和勁風所抹去。

我從扎伐霍特諾村往南走二十公里後，在波秋伊索隆佐維的小木屋過夜。這木屋的狀況很不好，它是保護區裡森林巡邏員們的中繼休息站。三年前，我曾和馬克辛在這裡共度兩天。馬克辛是個更生人，政府單位給了他一個洗心革面的機會，讓他當巡邏員，他便開始苦守著他的小木屋。他長得像流氓，笑起來卻非常溫柔。他的日子一點也不好過。當時那幾天，一直有頭熊在附近出沒，他根本不能出門。「我不得已，只好先尿在茶壺裡。」他抱怨說。他的上級不肯冒險把槍交給一個剛從伊爾庫次克出獄又曾有吸毒紀錄的人。那天晚上，熊來了，我們從門內盯著牠看。「他媽的老二，以前在牢裡，我還比現在安全。」馬克辛不禁發起牢騷。

後來，熊被殺了，馬克辛又沉淪了，再次入獄服刑，於是波秋伊索隆佐維的小木屋再度空下來。

我和自己下西洋棋，今天最末一道夕陽穿進窗戶來，在刀子表面反射。雖然「城堡」英勇奮力一搏，白棋仍輸了。木梁上釘著一些照片：一些衣不蔽體、皮膚細緻且胸部豐滿的白皙女性，擺出了稍顯做作的姿勢，使人不想進一步攀談。此刻伸手已不見五指，夜色大勝了。

三月八日

「在冰路上」。下午，我抵達了索爾尼奇那雅的氣象觀測站。前蘇聯時代，這處劃平樹林的山肩平地上，曾興起一座別緻的小村莊。如今，昔日村莊裡只住了兩個人，一位是森林巡邏員安納多利，一位是他的前妻蕾娜。他們最近分手，分別住在兩個相鄰的俄式小農舍裡——儼然是一對世界盡頭的冤家。這個氣象站有湖面的轟隆隆巨響作為保護。我去敲安納多利家的門，沒人應門。我把門推開，陽光灑滿屋內。地上有些罐頭，桌下有幾個空酒瓶，沙發上躺了一具身軀。我忘了今天是三月八日，即俄國的「婦女節」。安納多利大肆慶祝了這天。後來蕾娜告訴我，他敲她家的門敲了一整夜，還鬼吼鬼叫說：「快給我開門！」身為紳士當然不會忘記慶祝婦女節囉。

我叫醒他。他身上有福馬林、乙醚和包心菜的味道。他起來，結果跌倒了。由於愛面子，他對我說：

「因為我有風濕啦，會痛。」

「對，這陣子濕氣很重。」我說。

整個下午，安納多利都在湖畔遊蕩。這種氣象觀測站根本是通往精神病院的跳板。從史達林時代起，境內東自白俄羅斯，西至堪察加半島，就設有許許多多這樣的氣象站。部署氣象站是不讓領土留白的一種方法。主要目的是為了讓邊境地帶有國民留守，萬一法西斯軍隊入侵，或稍微出現反對聲浪，這些人就能即時通報莫斯科。所有小屋都配備有一模一樣的監測儀器，氣象人員要嘛是夫妻、要嘛是四、五人的小組。每隔三小時，他們都要出門紀錄以無線電傳送到他們基地的數據。他們無法自由運用時間，這種強制的作息使他們心理陷入混亂，封閉式環境成了精神疾患的溫床。觀測站裡的人，有人酗酒，有人焦慮煩躁，有人精神狀態出問題。一成不變的日子，偶爾因人員失蹤而中斷。在西伯利亞東海岸拉普捷夫海上的一座島上氣象站，發現了一位觀測員的雪靴，於是得到了白熊不吃羊毛棉料的結論。在索爾尼奇那雅這裡，幾十年前，一名站長與多名下屬出現爭執，結果在某個冬夜，站長在樹林裡人間蒸發了。行政單位對此事睜一隻眼閉一隻眼。

我離開安納多利的家，因為蕾娜邀我去她家喝茶。她長得很漂亮，很像賣鮮魚的比利時老闆娘，有著一雙細細的藍眼睛，和尖尖的鼻子。我們有三小時的時間。茶水滾了，蕾娜的話匣子也開了。她十六歲時來到氣象站。現在的她，說什麼也不願意離開這裡：

「我不喜歡柏油路，城市裡的馬路害我腳很痛，而且錢一下子就花光光。」

「那這份工作呢？」

「我喜歡。不過不喜歡野獸。觀測設備距離屋子有一百五十公尺，到了晚上，我會覺得這段路挺長的，所以我都用跑的。但我也什麼好抱怨的啦。」

「怎麼說？」

「有些觀測站的儀器設備還在一公里外呀！」

「沒遇過攻擊嗎？」

「有呀，有野狼。」

「什麼時候？」

「我第二次在這裡見到野狼，是六月六日。我八點去外面，看到母牛全用跑的回來，還以為是公牛把牠們嚇回來的。我繼續往前走，看到遠方有個影子，很像我們家的狗札雷克。我一回頭，赫然發現札雷克在我背後。所以在我面前的，是匹如假包換的狼呀！這時母牛群已經朝我背後走了，我撿起一顆大石頭，正面迎戰那匹狼。狼慢慢靠近，我看到牠呲牙咧嘴，我朝牠扔石頭。那些母牛呀，大概是感到慚愧吧，居然轉了頭，又都回來了！」

「母牛居然回來了！」

「連公牛也回來了。於是狼開始後退，還露出牙齒，彷彿在下戰帖，要我跟牠走。我跟了上去，一面繼續扔石頭，我更勇敢了，畢竟我背後有一整群牛呀！」

「真是勇敢的母牛。」

「對，但另一年，卻有損失。」

「又是狼？」

「不是，是熊。」

「熊？」

「我聽到狗拚命吠，從來沒吠得這麼誇張過。我趕緊跑到外面察看。事後，其他女人說我居然自己一個人出去看，實在是不要命了。萬一熊還在現場，我肯定沒命。我來到外面，看到公牛痛苦倒在地上。牠腿斷了，鼻頭被抓傷，背上被扯掉一大塊肉。熊先弄斷了牠的腿，免得牠逃跑。」

「可憐的公牛！」

「我趕緊掉頭跑回來。我把帕里齊叫來，一定得想點辦法。帕里齊用一刀終結了公牛。我呢，完全嚥不下這牛肉。隔天，我們發現了那頭母牛……」

「母牛？」

「我到之前，熊就已經對牠下手了。距離公牛遭攻擊地點約幾百公尺吧。熊對這母牛大開殺戒……母牛被開膛破肚。牠是一頭懷有身孕的母牛，傷口深得可見到小牛，母牛的鼻頭被咬掉了。我很疼這些母牛，牠們對我來說就像我自己的小孩一樣。那年，我得了憂鬱症。」

蕾娜站起來，朝無線電發出聲明：「要是我連續三次沒回報，就表示我死了。」我向她道別後，內心對俄羅斯的愛更堅定了，這個國家不但能把火箭送上外太空，這裡的人居然還徒手丟石頭對抗狼。

在宛如密布土耳其藍網絡之蛇紋果凍的月球般冰面上，行走了兩公里路後，我抵達了波可尼基觀測站，來到塞戈伊和娜塔莎的家。塞戈伊備妥澡堂，我們在裡面共度了呼吸困難的一小時。然後我們乾掉一瓶蜂蜜伏特加，喝酒時也不忘向女性致敬，因為三月八日呀，是男人將功補過的日子。

三月九日

中午，塞戈伊開了一瓶三公升的啤酒，酒標上寫著「西伯利亞尺寸」。

五年來，我一直嚮往這種生活。今天，我品味它時，只當它是一種沒什麼了不起的平凡成就。我們的夢想實現了，但它們只不過是在必然中破掉的肥皂泡泡。

三月十日

我往烏什卡尼島出發。這座島位在波可尼基往東三十公里處，在貝加爾湖上。地平線那頭可看到它的輪廓，看起來像一頂毛呢帽子。風從西北方吹來，我像發狂的瘋子般拚命走。在粗糙的冰面上，我襞掉好幾公里又好幾公里路。有條魚在冰層下優游，我們之間相隔了一個世界，牠看起來受困了，牠被一個無法跨越的蓋子蓋住，無法觸及天空，牠令我深感不捨。有時，我會在冰床上躺下，透過我橢圓形的帽子開口，望著診所式藍色的天空。小雪橇拖慢我，但颳起強風時，雪橇便被吹得暴衝而超前我，必須稍微往後傾才能拉住它。我花了六小時抵達烏什卡尼島。

這地區的主人名叫尤拉，他和妻子一起生活在坐落於湖畔的一座氣象觀測站：共計四間面向日落方向的大型農舍。他完全就是一派小島隱居者的專制跋扈性格，宛如某種克利珀頓島大王症候群患者，一切都他說了算。伏特加在他眼睛深處點燃火苗時，獨裁本色更是變本加厲。他在他的轄區內就是霸主，沒有天敵。貝加爾湖的這些觀測站盡住些封建諸侯，莫斯科法規傳到這裡只剩下微弱的餘音。政府和這些隱居的國民之間，互有心照不宣的默契：前者一盧布津貼也不發放；後者造假撒謊樣樣來，不放過任何一滴能揩的油水。

三月十一日

我在烏什卡尼島上，以半夢半醒的狀態度過了一整天。西伯利亞陽光打在這間農舍的側面，光芒灑滿木屋。我躺在床上，讀著恩斯特・榮格的札記《七十而褪》第一部。這位老仙人一定不會喜歡這麼明亮的房間。太赤裸裸了，事情反而一點神祕感也沒了。智者的淡定眼睛，更適合亮度中等的環境。我從每一頁的畫面汲取靈感和觀點。榮格以象徵來表述有形世界的形上學。

第二十七頁：「共同的進步，乃在於將事物和人類量化，在於將他們化為數字。」

第六十六頁：「應該要把人類視為號誌的載具，視為傳遞號誌的號誌臺。」

第一一九頁：「這裡是一些天神的所在，我並不需要知道祂們的名字。祂們如森林裡的樹木一樣，迷失在自身的神性裡。」

第一六四頁：「在錫蘭只有一天──與其在寺廟間奔波，也許還不如向幾棵老樹繳交我們的作業。」

第一九九頁：「覺悟的目的，在於使人和其行為舉止，順服於機械世界的法規。」

第二六六頁：「我們愈不把差異放在心上，直覺就愈強烈；我們所聽到的，將不再是樹葉的窸窣聲，而是森林對風的回應。」

第三五三頁：「入場之權利。往往更常被使用到的，是離場之權利的代價，也就是不想再和社會有任何瓜葛所需付出的代價。」

第三六六頁：「日益增強的急迫倉促感——這是世界轉化成數字後的一種衍生症狀。」

第五一九頁：「還有某天，蜜蜂發現了花朵的存在，並依牠們的溫柔方式加工了花朵。自此以後，美便在這世上占有更大的一席之地。」

我對於駢體文式的詞句、對於華麗詞藻和咬文嚼字的愛，究竟從何而來？我又為什麼喜歡特立獨行勝過隨波逐流，喜歡個體勝過群體？是我姓氏的緣故嗎？「戴松」（tesson），意指某過往成品的碎片。這字義中，蘊含著對酒瓶的追憶。姓戴松的人，很可能是個懷念已然失去之整體性、並試圖回歸整體性的人。這便是我在這片森林裡藉由灌醉自己所做的事。

尤拉忙著做自己的事，他再也沒回城裡。在島上，他盡情享受自由自在人生的兩種必要元素：孤獨和遼闊。在城裡，唯有在法律對人群的放縱加以管理並對其需求加以節制的情況下，人群才有可能生存。人類一旦群聚，行政體系就誕生了。這定律是開天闢地以來就存在，放諸四海皆準。對隱居者來說，只要有兩人一起生活，所謂行政管理機制便就此展開，這機制的名稱是婚姻。

居住在山林裡的人，對於主張自主管理、不要監獄也不要警察、讓必須立時負起責任的人們享有極大自由的「公民城市」計畫，抱著高度質疑。在他們看來，這種理想國根本是自相矛盾的極致。城市，是文化和秩序，以及此兩者結合後的自然產物「強制規範」，共同在空間中所形成的一種標記。因此，負責調節人際關係的中央法規，就別想管到這麼遙遠的地區。讓我們來做個白日夢吧。我們不妨想像，在我們西方都市社會，例如在波可尼基或扎伐霍特諾，有幾小群人想逃離這世紀的潮流。他們也許厭倦了這些人口過剩的都市，覺得治理起來必須一而再再而三增加規範條約；也許是痛恨無所不在的行政體系；也許是再也受不了日常生活各層面喧賓奪主的各種新科技，並預見了因巨型都市不斷擴增引致的社會混亂和道德混亂。總之，他們決定離開都會區，回到山林裡。他們將到森林裡的空曠平地處重新搭造村落；他們將為自己開創新生活。這種運動看起來像嬉皮，其實出發點並不相同。過去嬉皮想逃離一種壓迫他們的秩序；而這些新山居者卻是在逃離一種令他們沮喪的失序。森林呢，則早已隨時準備好歡迎人類——森林已經很習慣這種大回歸了。

如果想獲得內心的自由感，就需要大量的空間和獨處；還需要對時間的主導權、全然的寂靜、清苦的生活，以及垂手可得的地理美景。所有這些加總起來，結論便是小木屋生活。

三月十二日

我打道回湖岸。我在夢遊狀態下行走了三十公里路，七個小時後抵達波可尼基。當天我整個下午都坐在塞戈伊小木屋旁的一張長椅上，裹得密不透風，靜靜不動，像個小老頭一樣。一個在零下三十一度低溫剛趕完三十公里路的小老頭。

塞戈伊也過來一起坐，我們聊著夏天來遊湖的人，有英國人、瑞士人、德國人。

「我喜歡德國人。」塞戈伊說。

「就是呀，他們的哲學、音樂……」

「不是，他們的車子。」

晚上，我在床邊聖賽拉芬．薩羅夫的聖像前點了一根蠟燭。我不論去哪裡，都會隨身帶著聖賽拉芬．薩羅夫的聖像。接著在一張放在聖像旁的紙上，抄寫恩斯特．榮格於一九六八年十二月說過的這句話：「天上，浮雲掠過蒼白的明月，此時此刻，有一組美國人正在環繞這輪明月。我在墳頭前放上一根蠟燭時，其效果幾近於無，但其蘊含的訊息甚為豐富。它為了全宇宙而發亮，且深具意義。雖然他們環繞了月亮，效果將相當可觀，但意義將略遜一籌。」

然後，為了犒賞我向宇宙發出了訊號，我乾掉了兩公升半的啤酒。這讓我的雙腿放鬆不少。

三月十三日

我昨夜做了些亂七八糟的夢。在巴黎的時候從來不會這樣。比較俗氣的解釋是我睡眠品質不佳，導致淺眠；我比較相信的解釋則是當地的仙靈夜裡偷偷來探望我，間歇滲入我內心的密境，因而扭轉了我的夢境。

天亮時，一輛來自伊爾庫次克的卡車把老好人尤拉送來了。尤拉就是前幾天來我家串門子的淡色眼睛漁民。他住在波可尼基觀測站的一個小木屋，以捕魚維生，並協助塞戈伊做些粗活。他的身分證件在蘇聯解體時遺失了，因此剛去了伊爾庫次克兩天，重辦證件。

「我已經前後三任總統的時間沒離開過森林了：葉爾欽、普丁和梅德維傑夫！」

「伊爾庫次克讓你印象最深刻的是什麼？」

「商店！裡頭什麼東西都有，而且很乾淨！」

「還有嗎？」

「那裡的人，他們講話都客客氣氣的。」

中午，向尤拉、塞戈伊和娜塔莎道別。我將花上三天的時間回家。波可尼基湖灣的北側，是一片結冰的沼澤。一個在夏季讓人費盡九牛二虎之力的地帶，冬季卻讓人有扳回一城的感覺。

我順著來時路返回。晚上，暫宿在波秋伊索隆佐維的小木屋。鍋爐費了很長時間才熱起來。屋內緩緩升溫，我一直待在爐火旁。貓對這種事早就了然於心。等我回到法國，要記得查一查市面上有沒有出版過「小木屋心理分析學」之類的書，因為今晚，我就像在娘胎裡一樣舒服。

一開始先有了有機的母體，生命在其中孕育。各種細菌浸泡在沼澤、煤炭和泥礦裡。從這原始的大熔爐中，噴躍出了更複雜的生命型態。接著大地把保暖的工作分派出去：子宮、有袋動物的育兒袋，以及蛋卵，接手孵化。原始棲息地繼續接棒育嬰保溫箱的任務。人類住在洞穴裡，以大地為依歸。後來，圓滾滾的雪屋和蒙古包，還有木造小屋和羊毛帳篷，滿足了這項生活的必需。在西伯利亞森林裡，隱居者要耗費極大的體力讓住處保持暖熱，身體永遠能在住處內感到安全舒適。一旦做到這一點後，獨處的人類便隨時可在森林中遊走，可在酷寒和物資匱乏的狀態下攀爬高山。他知道有個避風港在為他守候。小木屋於此扮演了母親的功能。危險之處在於，人有可能在自己的小窩裡過得太舒適了，結果呈半冬眠狀態賴在窩裡。這種心態對許多西伯利亞人造成威脅，他們再也走不出自己溫暖的小木屋。他們退化成胚胎狀態，羊水則以伏特加來替代。

三月十四日

今天很溫暖：零下十八度。我在跑步機般的湖面上征服了二十公里路。冰霜和熔岩一樣，都是神奇的元素。兩者都曾遭受過另一種元素的變質影響。空氣的低溫，把水凍結成冰；火焰的高溫，把岩石融化成漿。等到空氣升溫摧毀了冰霜，等到流水降溫凝結了岩漿，兩者都將再起變化。行走在一片結冰的平面上，並不是個毫無影響的舉動。每一次腳步都拍打著一個即將實現的計畫表面。冰霜是我們這世界點石成金的傑作之一。

我距離扎伐霍特諾還有十幾公里，正拖著雪橇往北走，這時他們前來和我相會。他們把雪上摩托車的引擎熄火。看起來這氣溫並未把他們凍得太僵。娜塔梨雅和米卡是扎伐霍特諾一間農舍的屋主。他們遠遠看到我，便朝這沿著湖畔行走的身影前來。不出幾秒鐘，娜塔梨雅就在黑色湖面上鋪了一張墊子，在上面擺出白蘭地酒、魚肉餡餅和一瓶保溫瓶裝的熱咖啡。我們圍著食物席地而躺。俄羅斯人天生有一秒變出大餐盛宴的本領。我已不知多少次在路邊巧遇農漁民把我攔下來。他們熱情揮手邀我坐下來。這種時刻，在場者的姿勢到最後總會變成抵著手肘躺在地上，交叉雙腿，戴著皮帽的頭往後仰。有時候，還會生火，大家紛紛從袋子裡掏出各式產品，開一瓶伏特加，笑聲四起，飲酒作樂。所有人分食麵包，把還沒吃完的麋鹿肝切片分著吃。話匣子打開了，主要圍繞三個主題：最近的天氣、路面狀況，以及交通運輸的費用。偶爾，稍微會聊到城市這個話題，大家都想法一致：一定是腦袋有洞，才會想住在那種人人上下層層相疊的地方。一個原本空蕩蕩的地方，誕生了一座綠洲，這一方墊子便是其疆界。唯有身上流著游牧民族血液的人，才變得出這種戲法。俄國畫家佩羅夫曾在他的名畫〈忙裡偷閒的獵人〉中描繪過這種情景。畫中有三名男子悠閒地躺在草地上。他們面前，擺著他們剛獵獲的野雁和兔子。其中一人在抽菸，他們有說有笑。光線很柔和，草地很柔軟。這幅畫深深吸引了我，它對希望隻字未提，卻是個當下無比幸福的瞬間。就算天塌下來，這三個好朋友也不在乎，此刻坐在草地上的他們，就是大王。就像現在坐在冰地上的我們一樣。

娜塔梨雅和米卡回去了。這段時間我們倒也舉杯了七次，乾掉了那一小瓶白蘭地。我還得努力趕回扎伐霍特諾。太陽已經下山。以我的體質，可能天生比較適合住在湖的東岸。那裡太陽比較晚升起，晚間能作樂的時間也比較長。

三月十五日

從這裡到我家，還有二十二公里。我準備要離開扎伐霍特諾了。一支四輪傳動休旅車隊從地平線那一頭浮現，車頂閃著警示燈。V. M. 是個伊爾庫次克的生意人，他利用扎伐霍特諾不受保護區法規約束的漏洞，正在扎伐霍特諾興建一座農舍。這農舍是準備給他在鄉下開派對用的。明年，他將邀請朋友或客戶來這裡釣魚，來喝酒或來朝野生動物開槍。今天早上，他和幕僚來視察施工情形。塞戈伊和尤拉也隨行。這裡人人稱他「將軍」，他對保護區的巡邏員們出手很闊綽。冰地上，在這棟金黃色巨大農舍地基所在的湖畔地前面，現場非常熱鬧。每個人都醉醺醺的。箱子一箱一箱卸下來。V. M. 的一名手下展示他的Saiga MK 7.62半自動步槍給我看，他隨時隨地隨身帶著這把槍，以防在雪地上遇到法西斯分子或中國人。這類冤家路窄的新聞，在俄羅斯報紙屢見不鮮。在阿富汗，遇到不斷朝天際開槍的滋事分子，美國人避免自己受驚嚇的斬草除根辦法就是朝他們丟一顆炸彈；俄羅斯人則是親力親為開槍把對方擊斃。

一群醉醺醺的人、一些戰爭武器、伏特加、豪華大車和電子音樂：盡是些能召喚死神的元素。尤拉以認命的眼神望著這一切。一股不祥之氣開始在湖灣凝聚。這裡宛如俄羅斯的縮影：有權有勢的危險大人物、托爾斯泰式的忠僕、靠森林討生活的塞戈伊。那些卑微的人，深知趨炎附勢能帶來的好處，因此把不屑吞回肚子裡。這個諸侯封建制度一息尚存的國度，過去曾是共產主義的實驗室。我心裡只盼望一件事：趕快回去我的荒漠。

V. M. 提議開他的賓士車送我回家。坐上這輛超大車子的有我們和塞戈伊，以及另外兩名俄羅斯人。其中一人一上車就睡著，另一人朝對講機鬼吼鬼叫了三分鐘後才發現對講機根本沒開。收音機播放饒舌歌。塞戈伊不發一語。金援贊助的代價很昂貴。

現在我們正在我家裡一起喝兩杯。V. M. 指著窗外說：「我在美國住過一年，我不喜歡美國人的思維。我要的是這個：自由、沒人管、貝加爾湖。」我們一杯接一杯喝。到頭來，這些傢伙其實還滿感人的。他們長得一副能把車臣瓜分殆盡的模樣，卻也小心翼翼把自己的麵包屑分給山雀吃。他們和我為了相同的理由來到湖畔，只是表現出來的行為恰恰相反。他們離開後，我又能呼吸了。他們預先開啟了車頂警示燈，以防遇上塞車。

寂靜又重回我懷抱，這偌大的寂靜並不是絲毫沒有聲響，而是現場不再有任何交談對象。對這滿是麋鹿奔跑的森林、這滿是魚兒優游的湖、這滿是禽鳥遨翔的天空，我心中油然生起愛意，這是一種垮世代式的深情，V. M. 一行人愈是離我遠去，這份愛意就愈顯濃烈。我所畏懼的一切：噪音、群聚的驕傲感、對嗜血狩獵的飢渴——簡言之，就是人類群聚時的狂熱——統統隨他們而離去了。

我醉了，需要多喝水。我不在家這十天當中，洞口又冰封了起來。我拿冰錐用力鑽鑿冰層，費了一個半小時才鑽出一個一公尺寬和一．一公尺深的漂亮洞口。水瞬間湧出，我開心汲水。感覺像是**賺到了**自己的水。我手臂肌肉痠痛。從前，在鄉下和森林裡，光是討生活這件事就能讓人永保健康。

三月十六日

在我離開的那個世界裡，別人在場，會影響自己的行為。這讓人有所自律。在城市裡，如果沒有鄰居的眼光，我們的舉止不會那麼優雅秀氣。誰不曾獨自站在自家廚房裡，因為不用擺出碗盤餐具而欣喜不已，還大口痛快虎吞一盒冷掉的餃子？住在小木屋裡，鬆懈會造成威脅。有多少獨居的西伯利亞人，在擺脫了所有社交禁令後，知道自己不需再為任何人掩飾自己，於是整天癱在一張滿是菸蒂的床上，摳起身上的疥癬？魯濱遜深知這種危險，為了防止墮落，他決定每天晚上都在桌前用餐，而且盛裝打扮，彷彿要迎接賓客一般。

我們的同類會印證這世上的現實。如果我們在城市裡閉上雙眼，現實並不會消失不見，這讓人多麼如釋重負呀——其他人仍會繼續知覺到這個現實呀！面對大自然時，隱居者子然一身。他是現實的唯一端詳者，他背負著呈現世界的重擔，只有他能讓世界展現在人類眼前。

我一點也不害怕無聊，因為還有許多比無聊更痛苦的事：無法和心愛的人分享自己所經歷的美好時刻。獨處：是別人因為無法和獨處的人同在一起，所承受的損失。

在巴黎，出發前有很多人警告我：無聊會是我最大的敵人喔！無聊會要了我的命喔！我都禮貌地默默聆聽。說出這種話的人，以為他們本身就是超級了不起的解憂娛樂。「剩我獨自一人時，我確實成為自己唯一的養分來源，但這養分取之不竭……」盧梭在《一個孤獨漫步者的遐想》如此寫道。

獨處的考驗，盧梭在第五次漫步時察覺到了。他說，孤獨者必須強迫自己潔身自愛，絕不能容許對自己有半點殘酷。假如他胡作非為，隱居生活將導致他雙重痛苦：一來，他必須承受自己惡行所造成的惡劣環境；二來，他必須吞下自己枉生為人的苦敗。「一個身為公民的人會希望別人對他感到滿意；一個獨處的人則不得不對自己滿意，不然他的人生將變得無法忍受。於是，後者被迫要潔身自愛。」盧梭的獨處生出了慈善之心。基於反饋的原理，這慈善將化解對人類惡行的不好回憶；這慈善是一種治傷的療藥，能讓人卸下對同類的心防。「與其憎恨他們，我寧可逃離他們。」關於人類，他在第六次漫步時如此寫道。

為了獨居者自身的利益著想，他最好要善待周遭萬物，最好讓動物、植物和神明和他站在同一陣線。既然處境已經夠清苦了，何必再讓整個世界都和自己作對呢？隱居者絕不允許自己粗暴對待環境。這即是聖方濟各症候群。聖方濟各視鳥兒為兄弟、並和牠們說話；佛陀輕撫躁動的大象；聖賽拉芬．薩羅夫餵食棕熊；盧梭則在花花草草中尋求慰藉。

中午，我非常專注地看著雪片落到雪松樹上。我努力讓自己全神融入這場好戲，盯著雪花落下的路徑，前後能盯幾片就盯幾片。做這件事非常耗費心神，居然還有人敢稱這種事叫游手好閒！

晚上，依然下著雪。面對這種景象，佛教徒心想：「世上沒有新鮮事。」基督徒心想：「明天會更好。」無神論者：「這一切有什麼意義？」斯多葛主義者：「且讓我們繼續看下去。」虛無主義者：「一切都將成空。」我：「明天一定要趁木塊被雪覆蓋前趕快劈柴。」然後我添了塊木柴就去睡了。

三月十七日

接下來幾個月要釐清的問題：

我忍受得了我自己嗎？

到了三十七歲這年紀，我還能蛻變嗎？

為什麼我什麼也不缺？

天空彷彿不會枯竭，雪依然下個不停。整個早上都待在窗前。在小木屋裡，生活圍繞著三件事情打轉：

一、監看並更深入認識自己（受窗框所侷限）的視野，關注窗外發生的所有事情。

二、將內心保持在最佳狀態。

三、接待為數極少的訪客，提供服務和訊息；有時候則恰恰相反，要阻擋擅自闖入者。

如果我想自吹自擂，我會說這些任務讓我像個哨兵，讓我的小木屋像樹木帝國門外的前哨站。實際上，這其實是管理員的差事，我的小木屋只是個管理室。以後我去森林裡時，要記得擺個「馬上回來」的小告示牌。

晚間，陽光穿透下來，白雪染上鋼鐵般的顏色，雪白表面輝映出水銀般的光澤。我試圖拍下這特殊景象，但影像一點也呈現不出光澤質感。照片是虛華的。螢幕使真實情景只剩下平面價值；螢幕會扼殺事物的質地，壓縮其血肉。一遇到螢幕，真實情景就被壓扁了。一個世界如果只注重影像，會錯失親身品味生活中奧妙氣場的機會。沒有任何鏡頭能捕捉得到一片風景在我們心中喚起的朦朧記憶；而一張臉龐對我們發出的負離子或無形邀約，哪有任何儀器能偵測得到呢？

三月十八日

我的存糧愈來愈少了，必須想辦法釣魚才行。在貝加爾湖，西伯利亞人釣魚的方法很簡單。他們會在冰上鑿個洞，在洞裡灑一把從沼澤撈來、被他們稱為「波牧須」（bormouch）的活水蚤。魚群一嗅到這個天上掉下來的美味禮物，會紛紛湧來洞口下方。這時只要放下裝了毛鉤的釣魚線即可。由於我附近沒有沼澤，也沒有「波牧須」，只好使用樵夫們的古老招數：我在湖岸邊，在湖底上方三公尺處挖一個很大的洞，然後將鋸下來的松木枝條浸泡在洞裡。過幾天，會有成千上萬的微小生物攀附在枝條上。到時只要把枝條取出，當作魚餌即可。

風向維持南向，天氣持續降雪，雪白吸收了一切聲音。溫度計顯示攝氏零下十五度。

三月十九日

夜裡，迸裂聲把我吵醒。其中一聲巨響特別大，連小木屋的屋梁都被撼動了。冰層下的流水不滿被囚禁，起身反抗，不斷衝撞頭上的蓋子。

依然在下雪。繼續按兵不動。之前，我像一枝從弓射出的箭，四處闖蕩；現在，我是一根插在地上的木樁。而且，我愈來愈像植物了。整個人像扎了根，動作變得緩慢，喝很多茶，對光線變化超級敏感，不再食用肉類。我的小木屋成了一座溫室。

漫長的伐木劈柴粗活。又鋸了一棵樹，劈成細柴且收拾好了。然後，我用剷子徒手從積雪中挖出好幾條路，各自通往湖岸、澡堂和木塊堆。托爾斯泰建議每天要勞動四個小時，才有權利享受遮風蔽雨的住所。

夜裡，輾轉難眠，我幻想此刻有動物在小木屋附近出沒或睡覺。幻境中的貂狐，任誰也不會想把牠們變成大衣；幻境中的麋鹿，任誰也不會想將牠們燉成佳餚；幻境中的野熊，任誰也不會想拿性命去向牠們逞英雄。

外面的世界

父親般的貝加爾湖
寒冷、乾燥
堅硬的冰霜
危機四伏
劈啪碎裂聲
湖床的迸裂巨響
身體的勞動
身體變得乾枯
皮膚皸裂且起皺紋

裡面的世界

母親般的小木屋
溫暖
柔軟的木頭
安全感
暖爐的呼嚕聲
木梁上淚滴般的樹脂小珠
心靈的勞動
身體形成脂肪堆積
皮膚變得白皙

三月二十日

如今每天早上，山雀都會來窗前啄敲。牠們啄窗的聲音就是我的起床鬧鈴。天氣很和煦，我在距離湖邊兩公里處擺了一張板凳，一面望著湖畔，一面抽了一根（有點乾的）二號羅蜜歐與茱麗葉雪茄。到目前為止，那些山巒呀，我已學會如何爬上它們、如何從它們下來、如何尋找路徑和評估高低起伏。但我還從來不曾好好看過它們。

今晚，讀卡薩諾瓦。關於被囚禁在威尼斯大牢的那段日子，他寫道：「相信我，如果想得到自由，只要相信自己是自由的即可。」他很愛吃包著心上人髮粉的糖果，我當初也該帶些這種糖果來這裡才對。他對伏爾泰人道理想國的批判：「你的摯愛是人類……但你卻只能以他們既有的模樣去愛他們。他們其實無法體會你的用心良苦……我看了不禁捧腹大笑，這就像以前讀到唐吉軻德為了展現寬大胸懷，讓一群惡囚重獲自由，結果害自己淪落窘迫處境，不得不和這些惡囚拚搏。」

三月二十一日

今天是春分，天空很藍，我出發去森林裡。我順著結冰的小溪逆流而上。這條注入貝加爾湖的溪流，出水口就位在小木屋往北五百公尺處。

大自然的孤獨遇上了我自己的孤獨。於是我倆的孤獨互相印證了彼此的存在。我在糖霜般的積雪中舉步維艱之際，回想起米歇爾·圖尼埃的一段省思，他說身旁能有位同類讓自己相信這世界的存在，是很大的喜悅。此刻只有我獨自一人望著樹皮上有著血管般筆直條紋的樗樹；灌木叢上掛著一團團的雪塊，宛如耶誕裝飾球；一些奇形怪狀的落葉松，使山谷儼然像幅版畫（中國國畫總讓人感覺畫中的山川很痛苦）。這注目是一種洗禮，但以目前的情況來說，沒有人幫我將目光賦予生命給這些形體。我僅能用自己的視線來活化這個世界。如果能成雙成對，我們將能激發出更多東西。

我繼續前進，從小樹林旁經過，它從我的視野中消失了。它仍存在嗎？假如我身旁有同伴，我會請他幫忙留意，別讓世界在我身後消失。

叔本華式的純粹以主體之表象來證實世界的存在，是看待精神的一種有趣觀點，但說了也是白說。我背對森林時，難道感受不到它在我背後全力散發著能量嗎？

海拔八百公尺左右，小山谷開始變得狹窄，我終於登上這處岩石山脊的頂峰。我的湖畔之神呀！只為了在這片覆滿積雪、宛如朝浪的矮松中爬兩百公尺，居然費了我這麼大的力氣！這一大片青銅色的泰加林裡，有一條淺色的線穿梭其中。線是由金黃色枝幹的樗樹所勾繪出來的。這些樗樹勾勒出了流淌蜂蜜的流動態勢。

我順著白色的長巷、空曠的廣場和寂靜的大道，用兩小時的時間下了山。冬季裡，森林是一座死城。回到小木屋，我繼續閱讀卡薩諾瓦。他在造訪艾因西德倫隱修院之後說：「我如果想要快樂，原來我只需要一座圖書館就夠了。」關於一位義大利姑娘，他說：「我驚駭錯愕，因為不得不離開她，卻未能有機會向她的美貌致上它所應得的最高敬意。」卡薩諾瓦踏上旅程，旅居羅馬、巴黎、慕尼黑、日內瓦、威尼斯和拿坡里。他會說法語、英語、義大利語和拉丁語。他見到了伏爾泰、休謨和哥爾多尼。他引述哥白尼、阿里奧斯托和賀拉斯的語句。他的情人們叫朵娜・露可西亞、海德維琪或韓麗葉。兩個世紀後的今天，一些專家治國論者卻說「興建歐洲」刻不容緩。

八點，我開始擺桌。今晚，有熱湯、麵條、塔巴斯科辣椒醬、熱茶、兩百五十毫升的伏特加和一根管裝古巴帕塔加斯雪茄。只要加了塔巴斯科辣椒醬，不論吃什麼都讓人覺得好像有吃了點什麼。睡前，我在我親愛女友的照片前點了根蠟燭，一面抽雪茄，一面看著燭光在她臉龐上婆娑起舞。遠距戀人有什麼好抱怨的？如果想撫慰心情，只要望著照片相信對方與自己同在即可。我吹熄油燈，就寢入睡。

今天，我並未危害這地球上的任何生物。**別危害**。奇怪了，那些沙漠隱士在說明自己為什麼隱居的理由時，居然壓根沒想過談談這部分。帕科繆、聖安東尼、宏瑟（Rancé）等人曾提到他們對世間的恨意、他們對抗心魔的艱辛、他們內心的煎熬、他們對純潔的渴望、他們多麼迫不及待想上天國，卻從來沒論及活在世上不願傷害任何人的想法。別危害。在北雪松林的小木屋待上一整天後，人確實可以問心無愧地說出這句話。

三月二十二日

徹夜的暴風雪。俄羅斯人把貝加爾湖西岸從山頭下來的風稱做「撒瑪」（sarma）。掛在門口的工具被吹得叮噹作響，讓我到很晚都還沒睡著。鳥兒在牠們的巢裡怎麼有辦法待得住？明天牠們還能活著飛翔嗎？

狂風吹開湖面上的積雪，把冰面還給了我。我在冰冷的太陽下溜冰兩個小時，一面聽著瑪麗亞．卡拉絲。

晚上，由於我已經劈好了五天份的柴，沒什麼其他事好做，我便在一張紙上寫下我隱居的理由。

我之所以到小木屋獨居的原因

以前的我話太多了
我想要寧靜
太多信沒回且太多人要見
我嫉妒魯濱遜
這裡屋內溫度比我在巴黎的家還溫暖
實在很懶得買菜
為了能鬼吼鬼叫和過一絲不掛的生活
因為討厭電話和引擎噪音

三月二十三日

穿上踏雪板後，我一整天都在湖畔和森林裡溜達。總覺得一塊地方是有記憶的。一片農耕地記得教堂早午晚的三鐘經鳴鐘聲；一片虞美人花田記得兩小無猜的愛戀。可是這裡呢？樹林沒有記憶。它們不會蛻變，沒有過去，它們沉默不語，它們的枝葉下沒有任何殘存迴盪的人類行止。泰加林只為自己存在。它們披覆著山腰，爬上山壁，卻也不虧欠誰什麼。人類不太能接受大自然的視若無睹。面對一片處女林地的精采美景，人類心裡只想著如何收穫和播種。人類的目光落在泰加林上後，緊接著便是砍伐的聲響了。唉，人類頓時發現，原始地帶根本一點也不喜歡人類，於是感到惆悵悲傷……有誰會愛大自然既有的美好模樣，而不是愛它所能帶來的好處呢？羅曼．加里在小說《天空之根》中，塑造出一個被囚禁在死亡勞改營、卻遠比其他囚犯堅強的囚犯。夜晚，在床架上，這囚犯閉上眼睛，想像著野生象群。只要知道在遠方大草原上，有巨獸能自由自在地生活，就足以堅定他的心志。想著那些野象，就能帶來力量。這世上只要還有杳無人煙的泰加林，我就能感到舒暢。野生原始景象能撫慰人心。

我登上頂峰，在那上頭的一處岩壁角落生起一大把火。我煮了一鍋湯，因此有了藉口靜靜不動凝望貝加爾湖逝者般的臉孔，和它臉上的瘀青、大理石般的皺紋、痂斑和苔蘚。

三月二十四日

今天早上我不敢起床。我的意志在如空曠原野般的空白日子裡自由奔馳。這樣的危險之處在於：就這麼一動也不動，望著這片空白直至深夜，心想著：「天呀！我真是有夠自由！」

又開始降雪了。不見半個人影，連遠方的一輛車也沒有。唯一經過這裡的，只有時間。看到山雀出現，成了我人生中一大幸福……我再也不會嘲笑巴黎歐德伊大道上那些對著自己的小狗遲鈍發愣或以小鳥為生活重心的老太太了；也不會再嘲笑巴黎杜樂麗花園內那些忙著用手中紙袋裡的穀粒餵鴿子的老紳士了。與動物為伍，是一種能讓人返老還童的青春泉源。

閱讀《查泰萊夫人的情人》。在第七章，克里夫真的很惹人厭，可憐又年輕的康斯坦絲對他很反感：「他總是說個不停；對人事物品頭論足；談論各種動機、性格；她受不了了……她很慶幸能有獨處的機會。」我把書闔上，出了門，在雪中拾起斧頭，連續兩個小時「碰！碰！」瘋狂劈著木塊，滿腦子盡想著康斯坦絲。比起落落長的心理分析論述，我的劈斧聲和松鴨的訕笑聲還更貼近真相。「凡是需要先經過一番證實的事，皆一文不值。」

（尼采在《偶像的黃昏》中如是說）。就讓人生透過熱血、白雪、斧頭的利刃和灑在烏鴉羽翼上的陽光，來闡述它自己吧。

今天，在雪中，我把我的「波牧須」魚餌從水中取出。我撬開冰層時非常小心，免得晃動到那把樹枝，再鋪了一層墊子，才把樹枝從水中拿到水桶上方抖晃。成千上萬的微小有機體在清水中蹦蹦跳跳。我把牠們改裝到一個瓶子裡。這下子有魚餌了，再過幾天，我要去釣魚。

實在是要腦袋很變態的人，才會覺得《查泰萊夫人的情人》是一本情色小說。這本書是在悼念受了傷的大自然。在康斯坦絲眼中，英國有著悠閒綠意、森林中滿載回憶，可英國卻正在受苦。岩礦開採摧毀了英國大地，礦場將樹林開腸破肚，汙濛的天際豎立起一根根的煙囪，天空瀰漫著惡臭，磚石變黑了，連人們的神色都變得僵硬。整個英國為了討好工業而作賤自己，一支新品種的商業科學家誇誇其談一些抽象的社會政治議題，並臆測科技的發展。一個世界正在式微。工業的英國正在抹煞農業的英國。康斯坦絲感到體內油然生起一股活力；她了解到進步讓世界不再那麼物質化。D．H．勞倫斯藉由康斯坦絲說出了一些先知式的預言：天然景觀將變得醜陋、人心將變得麻木遲鈍，以及整個民族將如悲劇般在機械節奏中失去自己的活力（套用她的話是「自己的雄風」）。在康斯坦絲目睹現代人遭受一種「負面能量」附身之慘況的同時，她心中萌生出一股原始而非宗教的情感。在機械噪音聲中，普羅米修斯式的「喪失理智」使人耗弱了。蘇聯文豪高爾基在小說《告解》中則持相反論調。這位革命家大力讚揚俄羅斯為追求進步付出的極大努力。對他而言，專注投入工業重鎮的大量心血，將對全世界散播出一股極富吸引力的雲霧。這股「心理物理式」的勢力，將帶動地球上所有民族一同挽起袖子為明日打拚。這股使世人神經轉為緊繃的波瀾令勞倫斯十分擔憂；高爾基卻一心盼望這股波瀾成真。勞倫斯深知溫柔的鄉下是一張美麗臉龐；高爾基卻相信唯有煉鋼廠火光穿梭的天際才稱得上華麗。而渾身散發著欲望、因深愛大地而感到心痛的康斯坦絲，在森林的樹下吶喊這個悲劇性的問題，然而她的聲音已然遭機械噪音所覆蓋：「人類到底對人類造了什麼孽？」

晚間，我坐在大貝殼般雪松樹下的木頭長椅上凝望貝加爾湖。無論如何，首先要讓眼前有一片美景。然後，什麼事都好談，生活可以就此展開。查泰萊夫人說得對。我回到屋裡就寢前心想，我應該會滿歡迎查泰萊夫人來這裡一起住上幾天。

三月二十五日

和太陽同一時間起床。面對如此偉大的景象，我又睡了一會兒回籠覺。今天上午，天氣好轉，好幾天以來終於首度有機會外出了。我循另一條路線去山上那座瀑布，這次從瀑布的右側上去。積了雪的森林使我吃足苦頭，花了兩個小時才好不容易爬到海拔四百公尺的山腰。啄木鳥敲著枯樹幹。接著是兩百公尺堅硬好走的地面，但又要再辛苦穿越一條長滿矮松的縱谷。我陷入一些深達一公尺的大洞。我以結冰瀑布上方一百公尺處的一塊突出岩石為目標，從下方用望遠鏡看時，我覺得那裡似乎是個適合露營的平臺。

細細的落雪使貝加爾湖顯得朦朧，湖靜靜躺在山腳邊。我的直覺是對的，這塊位於海拔一千一百公尺的岩塊是個完美的平臺，是個絕佳瞭望臺。這裡會是度過浪漫春宵的理想地點。我起碼地點已找好了，已經算很不錯了。

我回到深及大腿的積雪地，像個俄羅斯人一樣嘿咻嘿咻吆喝個不停，隨即又安靜下來，聆聽雪花落在白色樹背上的細小嗶啵聲。

到了溪流的出水口處，我在湖畔平地上順著一隻狐狸的足跡走了一會兒，順便放鬆肌肉。牠沿著湖邊走了三公里路，又走回來，剛好繞一圈。這隻狐狸大概只是在散步吧。

雪勢變大了。世界蒙上白紗，刺骨的孤獨感更加劇了。孤獨感究竟是什麼？是個萬用的夥伴。

它是敷在傷口上的療藥；它可充當音箱：獨自一人讓感受浮現時，感受的強度便倍增了；它賦予人責任感：我是杳無人煙森林裡的人類親善大使，我必須為了那些無法到場的人好好享受這場美景；它引人深思，因為唯一可能的對話，是和自己進行的對話；它過濾掉所有的空談，讓人專注探測自己內心；它會從記憶中提取親朋好友的回憶；它讓隱居者與植物和動物結為好友，有時還能和剛好路過的某位小神仙結為好友。

到了傍晚，我去察看我的「波牧須」，確保牠們安然無恙。這些小生物在瓶子裡游來游去。明天或後天，就用牠們來當魚餌吧。

現在是晚間八點。我在我的小立方體裡歇息，就在森林外圍，在湖岸線上的山腳邊，沉浸在環繞我四周一切事物的愛中。

我睡前讀了點中國詩詞。我把其中一句銘記心中，以後要是和人交談一時語塞，便可派上用場：「此中有真意，欲辨已忘言。」

三月二十六日

下著雪。我行走在湖面上，一邊張開嘴巴，把臉迎向天空。我暢飲著蒼穹乳頭的雪花。

晚間，我在距離湖邊約莫兩百公尺處，用手轉式鑿冰器在冰層上鑿了一個四公尺深的洞。我把我的「波牧須」丟下去，這團雲霧般的節肢小動物使水變得混濁，接下來就等紅點鮭魚上門了。我吃塔巴斯科辣椒醬配麵條，開始有點膩了。

三月二十七日

整個上午都在讀中國詩詞。虧我隨身帶來了踏雪板、溜冰鞋、釘鞋、冰鎬和釣魚線，結果居然在這裡讀起坐在石椅上望著清風搖曳的竹林隱士故事。哎呀，中國人真厲害呀！居然想出了「無為」這個道理，以便能理直氣壯地窩在雲南一座小木屋門口曬一整天金色陽光……

晚間釣魚。我坐在凳子上，把魚線筆直放入水中。從小洞能看到鮭魚來來去去，是「波牧須」把牠們吸引來了。釣魚是一種很中國味的活動：人任由時光之流穿過自己，同時緊盯著手上的釣竿，一心盼望釣竿出現動靜。只可惜，這件事整個晚上一次也沒發生。

我無功而返，只好借兩百五十毫升的伏特加澆愁，並讓酒精慢慢在我血液中發揮作用。中國詩人諸君，請賜與我力量呀！

三月二十八日

人這種對昇華的需要，還滿奇怪的。為什麼要信仰一個置身於自己創造物之外的上帝呢？冰層的迸裂聲、山雀的溫柔和山巒的壯麗，比這些事物之造物者的概念更讓我欣喜。這些事物對我而言即已足夠。假如我是上帝，我一定會把自己分化成億萬個面向，好讓自己存在於晶瑩剔透的結冰中、雪松樹的針葉裡、女人的香汗中、鮭魚的鱗片和山貓的眼睛裡。比起漂浮在浩瀚太空中遠遠看著這顆藍色星球自我毀滅，這樣一定快樂多了。

一團厚重的霧氣降臨湖面，地平線不見了。我全副武裝，徒步沿著湖畔出發。走到第二公里路時，湖岸從視野中消失。我步行了兩小時。我與小木屋之間的聯繫僅僅剩下我的足跡。我既沒帶指南針、也沒帶衛星導航器，萬一起風，把足跡吹散了，我將找不到來時路。我不知道自己到底為什麼要這樣繼續走。這股動力有點變態。我正把自己逼向萬丈深淵。忽然間，走了約莫兩小時後，我心想「夠了」，隨即拉大步伐折返。過了兩個小時，山頭從白紗後方現身，我回到了小木屋。

依照中國人的傳統，上了年紀的人會自動退隱到小木屋等待大限之日。有些人曾是朝臣，曾在宮中擔任要職；有些人是學士詩人，是單純的隱士。他們各自的小木屋都很類似，屋子座向須遵循特定方位，要依山傍水，要有清風吹拂的綠意，有時還能眺望遠方人聲鼎沸的山谷。一炷清香有助於打發時間。晚間，友人來訪，主人會以一杯茶和恭敬的言語接待之。在曾想叱吒天下之後，這些人如今遺世獨立，決定聽從天下對他們的安排。人生總是在兩種誘惑間來回擺盪。

可是注意呀！中國人的無為並不是怠惰。無為讓人對萬事萬物的知覺變得更敏銳，隱士能吸收日月精華，即使對天地間最微小之物都賦予無比關注。他盤腿坐在杏樹下時，能聽到花瓣落在池塘水面上的撞擊聲；他能看見飛翔中的野鶴羽毛末端顫動；他能從空氣中嗅出暮色降臨花朵四周時、快樂花朵所散發的芬芳。

今晚，我讀到了陶淵明於西元四二七年逝世前寫的《自祭文》：「捽兀窮廬，酣飲賦詩。識運知命，疇能罔眷。……」

我一面準備就寢一面心想，人實在沒必要寫生活日記了，有人居然僅用區區十六個字就寫完了自己的一生呀！

三月二十九日

今天早上，氣溫零下三度。首度有春天的氣息了，南側窗臺上滿是山雀。忽然間，幾陣狂風撼動了雪松，積雪紛紛掉落。外頭景致出現一道道灰色線條。

我一面啜飲伏特加，一面閱讀中國詩詞。就算天空塌下來，說不定我連回音也不會聽到？小木屋是一座木製的「防空洞」，用木頭搭蓋而成的「銅牆鐵壁」，該有多美呀！松木橫梁、酒精和詩詞，共同構成一道三層厚的鎧甲。「我的小木屋地處偏僻，我什麼事也不知道」，這是一句發源於泰加林的俄羅斯諺語。

與此恰恰相反的另一個極端則是巴黎的教條：「你對凡事都要有主見才行！電話響了你非接不可！你一定要很不爽！你一定要讓別人能聯繫上你才行！」

小木屋守則：別理會……千萬別暴跳如雷……別接電話……在飄著雪的寂靜中飄飄然過著微醺生活……坦承自己根本不在乎世界的命運……然後閱讀古人的文字。

風勢加劇了。外頭世界拚命敲著窗戶，要我替它開窗。我的眾書籍呀，保護我吧！我的酒瓶呀，保護我吧！我的小木屋呀，保護我吧，叫那東北風別一直來分散我注意力。假如此刻有人拿一份印滿新聞的報紙來給我，我會認為這根本是一場大地震。

我簡直覺得自己就快看到這些新聞了。這時碰巧讀到九世紀詩人杜牧的詩：

小樓才受一牀橫，終日看山酒滿傾。
可惜和風夜來雨，醉中虛度打窗聲。

三月三十日

今天循一條新的路線去了那座結冰瀑布一趟。我從小木屋南側的第一個山谷往上攀登，到了一千公尺高度時決定從一條大遠路繞過山肩。我翻過山脊，立著幾個警察般的風化石塊，從積雪表面探出頭來。我繼續在硬實雪地的山腰上前進，有時一連串矮松害我前功盡棄。我辛辛苦苦花費整整五小時，才抵達遭那座瀑布冰封的岩縫左側。我暗自希望只要自己在森林上方守候夠久，就一定能看到野鹿出沒。但除了往樹下那頭一路延伸過去、讓我欣喜不已的狼獾足跡，我其他什麼也沒看到。

回到湖上後，我在傍晚五點抓到我的第一尾魚；三分鐘後抓到第二尾；第三尾在一個半小時後上鉤。三尾憤怒甩來甩去的亮銀色鮭魚，在冰面上閃閃發亮，牠們的皮膚不時如觸電般抽動。我一面殺魚，一面望著湖面，口中呢喃著感謝之語；以前西伯利亞人在殺生或取用於天地時，都會說這種感謝之語。在現代社會，這種「謝謝─對不起」被減碳稅制取代了。

很幸福，盤子裡的魚是自己釣的，杯子裡的水是自己汲的，鍋爐裡的木頭是自己劈的：隱居者的一切皆取自源頭。魚肉、清水和木柴都仍一息尚存。

猶記得我以前在都市裡的日子。晚間，我出門買菜，在超市的貨架走道間遊蕩。我死氣沉沉拿起商品，丟進購物車。我們成了一個與大自然脫節世界裡的狩獵採集者。

在都市裡，自由主義者、左派分子、改革分子和富豪，都會乖乖掏錢買麵包、買汽油和繳稅；隱居者呢，他對國家無所求，亦無所貢獻。他退隱山林，靠山林養活自己。他的退隱導致政府「收入短少」——讓自己變成一種收入短少的原因，本應是改革分子的目標。比起高舉黑布條的示威抗爭，以烤魚和從森林裡摘來的莓果為一餐，還更是跟政府唱反調。砲轟城市的人，本身亦需要城市。他們跟政府作對，因為政府是他們唯一的施力點。華特．惠特曼說：「我和這體制一點瓜葛也沒有，甚至不足以叫我跟它作對。」五年前十月的那一天，首度讀到老華特的《草葉集》時，我當時並不知道讀了這本書將使我後來隱居到小木屋裡。翻開書卷是很危險的。

退隱是一種抗爭。住進自己的小木屋裡，即是從各個控制螢幕上消失。隱居者任自己銷聲匿跡，他不再發送出任何數位足跡、任何通聯紀錄、任何金融匯兌；他把各種身分一律卸下了。他這是一種逆向「駭侵」，是澈底退出市場。其實根本也不必到森林裡了。最革命性的修行，於都會市區即可進行。在「消費型的社會」裡，人可以自行選擇是否要順從它的規則。只要稍加自律即可。物資豐沛時，人可以自由選擇要變得腦滿腸肥，還是扮演僧人修士，並在書本的呢喃中縮衣節食。這些人不需離開自己的公寓，而是直接向內心的森林求助；在物資匱乏的社會裡，就別無其他選擇了。人注定只能匱乏、受匱乏所制約，就算有堅強意志也是徒然。蘇聯有個家喻戶曉的笑話，有個人走進肉舖問：「請問這裡有賣麵包？」對方回：「沒有喔，這裡是沒有肉的地方，如果想找沒有麵包的地方，要到隔壁的麵包店。」這些事是我的保母、一位匈牙利太太告訴我的，我經常想念她。「消費型的社會」是一種有點可恥的說法，是一些被寵壞的大孩子長大後因自己曾被寵壞而感到失望、所遐想出的一種說法。他們沒有勇氣改革自己，於是幻想有人能逼他們振作。

晚間七點，我打算用裝在防水密封袋裡的庫存麵粉來做布里尼薄餅。一個鐘頭後，我端出來擺在我木板桌上的，卻是個燒得焦黑的餅皮。我到屋外待了半個鐘頭，等屋內的煙散去，然後回來打開了一包中式麵條。

三月三十一日

最近這幾天，我都在進行一項帕夫洛夫式的實驗，而且漸漸看出成效了。早上九點，我先對著窗臺用笛子吹一段旋律，然後丟麵包屑給山雀；今天早上，笛音一起，牠們就現身了，我都還沒擺出牠們的食物呢。身旁有一群鳥兒相伴，我大口吸著黎明的空氣，這下只缺白雪公主了。

一整天都在山上。我順著「白谷」的谷勢而上，它是我小木屋北側一條長滿了日本落葉松的大縱谷。我在谷底苦戰了五小時來到海拔一千六百公尺。有時我覺得自己簡直像一隻被膠水淹到胸口的麋鹿。我覺得自己距離山頂只剩三百公尺，但氣溫非常冷，而且時候不早了。我朝北雪松林岬的方向下山。一頭山貓的足跡與我的足跡交錯，牠應該是一、兩個鐘頭前經過此地，並在附近徘徊了一會兒。我低頭嗅聞牠的足跡，但聞不出什麼特別氣味。我覺得比較不孤單了，我們倆今天皆有志一同到此一遊。

今晚，我在林中空地劈柴。首先必須用力一擊，把大斧頭嵌進樹幹木塊裡。斧鋒深深嵌入後，必須一口氣舉起大斧頭和卡著斧頭的大木塊，用盡全身力氣把木塊砸向木砧板。假如力道夠準確，樹幹木塊當下會一分為二，然後再用小斧頭劈成細柴即可。熟能生巧，我已經不會再劈不準了。一個月前，我需要三倍時間才能劈完所有的柴；再過幾星期，我就會是一臺人肉劈柴機。當斧頭能恰恰落在該落的位置、且木塊清脆斷成兩半時，我願意相信劈柴也是一門武功。

四月

湖

四月一日

九點，我正讀到米歇爾．戴翁這句話：「但你知道嗎，我雖然非常努力了，孤獨卻是最難以保全的一件事。」這時大門忽然猛地打開，四個漁民以俄羅斯人一貫粗獷作風，毫無預警地闖進小木屋來。他們一定是想來把我狠狠揍一頓，沒別的可能了。

結果他們高聲歡樂地向我打招呼，我完全沒聽到他們到來的卡車引擎聲，他們正要去北貝加爾斯克的保護區南區捕撈漁獲。我驚嚇得把茶水翻倒在《淡紫色計程車》上了。上門的人，有我已熟識且手指斷了的薩尼亞（薩沙）、五年前在冰面上認識的伊格（他也缺了幾根指節）、沃羅迪亞．T和我素未謀面的布里亞特人安德烈伊。我善盡待客之道：把他們放在桌上那條臘腸切片、開了一瓶酒、把酒杯一字排開。我們著手灌醉自己。

我請每個人告訴我他從前在哪裡服兵役。沃羅迪亞是在蒙古的裝甲部隊（為裝甲部隊乾一杯），薩尼亞是在北極海域的通訊部隊（為北極海域乾一杯），伊格是在克里米亞的海軍（為艦隊乾一杯），安德烈伊則是在切爾克斯共和國的砲兵團（為俄羅斯的高加索維和政策乾一杯）。俄羅斯分派新兵下部隊的方式宛如法國詩人桑德拉爾的詩篇。我的攝影機就放在架子上，我按下按鈕。在凱托瓦雅四十度烈酒助興下，大家愈聊愈起勁。

四月一日聊天內容的逐字稿

薩尼亞：我心想：真是去他媽的！

我：明天依然會是明天。

薩尼亞：一群酒肉兄弟，酒鬼！（幫伊格倒酒，一面對他說話）你呢，你不喝嗎？厲害喔！

安德烈伊：希望萬事順利！萬事，就是所有的事：感情、家庭和所有的事。

我：你們剛才去了哪裡？

薩尼亞：去了夏特拉岬。那裡有個傢伙很可憐，正在那邊等死。他整個冬天都在等死。

伊格：沒馬子，沒人陪！只有他一個。

薩尼亞：都要怪他的上級。丟他一人在那邊過冬，卻不給他補給品！

我：他的上級是誰？

薩尼亞：是那個他媽的……什麼……該死的……那個獵人。

伊格：前兩天我還跟他說：「你的槍沒子彈？」他說：「沒有，有狼來，距離我不到幾公尺，我只好丟石頭趕牠們。」

薩尼亞：我們經過夏特拉的時候，有在路上看到狼腳印。

安德烈伊：很大喔，像這麼大喔，而且很新，真他媽的老二。

薩尼亞：結果那傢伙，他呀，清晨四點出了門，居然看到十公尺外有雙發亮的狼眼睛。我問他：「所以呢？你怎麼沒開槍？」結果他說：「我沒子彈了。」我們一月時又回去看他。他的狗死了。他什麼吃的都沒了。那條狗用鍊子綁著，活活餓死了。那些幼犬呀……

安德烈伊：牠們餓得皮包骨。

我：那他呢，他都吃什麼？

薩尼亞：不曉得。

伊格：真搞不懂怎麼會不給他補給品。怎麼會有人在森林裡窮挨餓？

薩尼亞：媽的。整個冬天，一堆卡車來來去去，居然沒人停下來，也沒人寄任何補給品給他。

伊格：我頭一遭見到這種情形。居然有人這樣自己一個人住，而且大家還不理他。就連老二也沒這麼安分。

薩尼亞：可是他看起來倒也滿快樂的呀！

我：他是個奴隸吧。

薩尼亞：真的，沒錯！我原本還不敢說出這個字眼，真的是奴隸沒錯。

沃羅迪亞：還有黑奴，我們俄國話也這麼說。

安德烈伊：就算是奴隸，也不能這樣虐待人呀。

伊格：就是嘛。

薩尼亞：他的主人很差勁，是個爛主人，根本不配稱主人。

我：不過他也沒辦法，他沒工作也沒錢，在自己的村子裡一定待不下去……

伊格：可是他在這裡還不是什麼也領不到。

薩尼亞：說不定他在這裡比較好，要是他待在自己的村子裡……

伊格：早就酗酒而死了。

薩尼亞：對呀！早就酗酒而死了。

伊格：當然囉！一定的！

薩尼亞：待在這裡，他起碼還活著……

安德烈伊：就是呀。活著。

沃羅迪亞：對了，很不景氣呀，席爾凡。聽說歐洲民不聊生，尤其是希臘——他們垮了。他們爬不起來了，完蛋了。

我：完蛋了？

伊格：完蛋了。

沃羅迪亞：你回不去了。

薩尼亞：你這樣都是希臘害的，希臘一塌糊塗了。

沃羅迪亞：對，一塌糊塗了。

伊格：對呀，亂七八糟囉！

沃羅迪亞：一塌糊塗到不行，而且那邊有暴動。

薩尼亞：對呀，有暴動，有人跑來跑去，鬼吼鬼叫！

伊格：亂七八糟的民主政治。

薩尼亞：還好在一八一二年，我們的哈薩克人有教法國人要洗澡和洗脖子。不然法國人以前從來不洗澡的，你相信嗎？一八一二年，哈薩克人替法國人蓋了一些「澡堂」，這段歷史大家都知道。所以法國人才發明香水，就是為了蓋掉身上和城市裡的臭味，以前法國到處都臭死人了呀！我們的哈薩克人一八一二年去了那裡，教他們要在澡堂裡洗澡。真的是這樣。

伊格：災難！噩夢！你們知道嗎，「噩夢、災難、動亂」這些是法文外來語，席爾凡說的。

薩尼亞：不意外。

沃羅迪亞：靠。

錄影到此為止。這幾個俄羅斯人對一些誇張的事又乾了幾杯酒，然後異口同聲大喊說「該他媽老二的閃人了」，隨即披上外套，一面用粗話罵著他們的手套、毛帽和圍巾，其中一人踹了大門一腳並罵門是「老二」，最後把才吃不到一半的上好臘腸統統留給我後揚長而去，剩下有點頭昏腦脹的我，獨自站在湖邊，準備展開這已經被伏特加毀掉的一天。

每次有俄羅斯漁民來我小木屋串門子時，我都感覺像有一支騎兵隊來我菜圃裡紮營；認命、隨興、蠻橫──蒙古性格的特徵早已灌輸到斯拉夫民族血液系統裡了。樵夫的骨子裡隱藏著游牧民族的個性。醜陋的遊記作家古斯汀侯爵說得對：俄羅斯「肩負了為歐洲翻譯亞洲的責任」。結果就是，我花了一個鐘頭才把我凌亂的內在重新整理好。

四月二日

昨夜溫度零下二十度，我終於在門縫下緣加釘了長條毛布。到了早上，我喝著熱茶，一面凝望窗戶上訊息般的雪片冰花。有誰知道該怎麼解讀它們呢？這種東西裡，是否隱藏著天機呢？

今天晚上，我終於成功做出薄餅了。薄餅就像小孩子一樣：時刻都要緊緊盯牢才行。這道紅點鮭魚餡薄餅是我自創的。首先，請釣一尾紅點鮭魚。要砍柴。生火。用炭火加蒔蘿把魚烤熟。著手製作薄餅（假如手邊沒有酵母粉就改用啤酒數滴）。把去了皮的魚肉鋪在一片薄餅上，上面再加一片薄餅。在宜人的溫度下，搭配兩百五十毫升的伏特加把以上食材全部吃掉。

我吃著晚餐，眼睛望向窗外。這世上有人的餐桌食物完全只來自於自己視野所及的一片土地而已，這堪稱一種伊甸園。在一個空間裡過著隱居生活，這個空間是目光所能擁抱的，是一天內腳程即可走完的，還是自己精神的表徵。

我在貝加爾湖上的這頓晚餐所帶有的「隱含能量」（énergie grise）很微弱。如果食物本身的熱量值低於製造和運送這些食物所需的能源時，隱含能量就爆增了。以前聖誕節時帶來送禮的橘子是珍寶，人人都知道橘子富有滿滿的隱含能量，而且路途遙遠得來不易。寮國漁夫從湄公河溪流撈起並在溪邊烤熟的鯰魚的隱含能量則幾近於零；我在釣魚洞口幾公尺旁烤的鮭魚也是。但例如阿根廷牛排，其牛隻的餵食飼料是黃豆，飼養地點在南美彭巴草原上的廣大牧場裡，要橫越整片大西洋才能運來歐洲，因此它可說惡名昭彰。隱含能量，是一種造業的概念，是我們罪孽加加減減後的結餘帳目。總有一天，我們將得償還。

歷史上一些低隱含能量的餐點（待補充）

從天上掉下來給猶太人的天賜食物嗎哪
希臘神話中雅典人獻給半人半牛怪物彌諾陶洛斯的稚齡處女
耶穌最後的晚餐上的麵包和酒
聖經中迦拿的婚禮上的酒
希臘神話中美狄亞的孩子們
韃靼騎兵直接在大草原上把馬脖子劃一道傷口並嘴巴貼著吸飲的馬血
聖人帕科繆在沙漠中以蜥蜴乾為主的餐點
以帆船抵達馬來玻里尼西亞群島並被當地土著燉成肉湯的基督教傳教士

雖然表面上看不太出來，但蘇聯解體後，基輔動物園中遭餓壞了的烏克蘭人所宰來吃的熊，隱含能量是很高的。當初這些熊可是遠從西伯利亞運送過來，而且在人工環境下維繫了牠們的生存；四十年前，安地斯山脈一場空難意外的倖存者靠食用人肉活了下來。他們大啖了一頓隱含能量很高的餐點——這肉可是搭飛機來的。

法國宮廷名媛黛安・德・波迪耶的壁爐過梁上，刻著這段文字：「盤中無他處之飧。」在當時，只以當地產品為食物，是一種殊榮。所謂流著皮卡地、洛林或杜蘭等法國古代地區的「正統血液」即是此意：用自己鄉土的收穫，灌溉自己的血管。

貝加爾湖漁民的血液中，滿載著這片湖水和山林的營養素。這裡的土壤、湖水和西伯利亞空氣在他們血脈中跳動著。土地所有權應該從這種生物觀點來考量才對。既然血液的養分汲取自土地，個人的身分認同便會在孕育他的地理空間裡生根。假如我們吃了很多進口罐頭，那麼我們就是世界公民。

四月三日

我開始讀笛福的《魯濱遜》了，已讀完了圖尼埃的《魯濱遜》和湯姆・尼爾版的《魯濱遜》，亦即他在無人荒島蘇伐霍夫島上生活六年的紀錄。

船難生還者具有不少共通特徵，這些特徵能勾勒出被沖上岸的獨居者原型：

——在遭逢船難當下感到憤恨難平，隨即詛咒起上帝、人類和所有的風帆航行。

——出現輕微大頭症：生還者覺得自己是萬中選一。

——覺得自己是一個國度的大王，統領著自己的動物、植物和礦物子民：「只要我高興，我大可自稱是這塊由我全權掌管之土地的國王或皇帝，反正我沒有任何天敵……」笛福的魯濱遜這麼說。

——需要三句不離獨居生活的美好，以便再三將這種獨居生活合理化。

——不斷擺盪於兩種矛盾之間：一方面期盼盡早獲救解脫，一方面又極不願與自己同類有所接觸。

——島上一有其他人類入侵，就緊張不已。

——對大自然世界產生同理心（有時要耗費好幾年時間才能看到它的成果）。

——以憂慮且極嚴格的方式交替安排行動、靜思和休閒作息。

——很想把生活中的每一刻都改造成一場精心布局的遊戲。

——因為扮演起日漸沉淪之人類文明的邊境守護者角色，而略感飄飄然。

——害怕染上「象牙塔症候群」，症狀嚴重者恐怕會以為自己既是天地智慧的集大成者，又是塵世罪孽眾生的贖罪者。

四月四日

今天，讀了很多書，一面聽著〈田園〉，一面在奶油麵包色的光芒中溜冰三小時，釣到一條鮭魚，收成了半公升的魚餌，隔著紅茶的熱煙凝望窗外湖面，在下午四點的陽光中小睡了一會兒，砍下一棵三公尺高的樹幹，劈了兩天份的柴，煮了並吃了一頓美味的穀物粥，並覺得所有這些事統統串在一起其實就是天堂。

四月五日

夜裡颳起強風。北風肆虐，森林外圍的樹被摧殘至中午。溫度計顯示攝氏零下二十三度，這春天還真宜人呀！下午回溫後，我著手製作一張桌子。用雪松的粗樹幹當桌腳，用木條當框架，上頭擺上四片原先躺在遮雨棚下的木板。我花了三個小時幹活，日落時，我的桌子大功告成了。我把它放在湖畔的雪地上，就在那棵貝殼形雪松前方的空地入口處。接著，我背對樹幹，坐在一個大木塊上。那些不准你把腿蹺到桌子上的人呀，他們不懂細木工匠的驕傲神氣。

晚間，我手肘抵著我的新女兒牆，在低溫中抽了一根帕特加斯雪茄。這張桌子和我呀，我們已經一見如故了。在這地球上，若有個什麼東西能讓你依靠，感覺很好。

這種生活能帶來平靜。倒不是就此變得心如止水，小木屋並不是什麼佛家的開悟菩提。隱居生活能把人的企圖心規範在可行的範圍內。能從事的行動種類變得有限之後，每一種經驗的深度便會加深。閱讀、寫作、釣魚、登山、溜冰、在樹林裡閒逛……生活中的活動只剩十五種左右。船難生還者享有絕對的自由，但範圍僅以他所在的島上為限。魯濱遜類漂流故事的一開始，主角總是試圖製作船隻想逃離當地。他堅信有志者事竟成，堅信幸福就在海平線的那一端。再度被沖回岸上後，他明白自己逃不了，於是死了這條心，反而發現侷限是喜悅的來源。這時候別人說他認命了。隱居者，認命，怎麼可能？就像都市居民也不可能認命，只會在大馬路上燈火闌珊處，驀然回首驚覺這一輩子也不夠他嚐遍各種誘人的燈紅酒綠。

四月六日

四世紀時，上埃及地區的瓦地安南同沙漠裡，有一大群衣衫襤褸的修士。這些隱士追隨聖安東尼和帕科繆等聖人的腳步，爭相走進沙漠裡。他們病態的炯然目光，映照著憔悴的臉龐。現實世界令他們避之唯恐不及。對他們而言，活著使人墮落。他們以蜥蜴為食，形如孤魂野鬼，不肯接納這個世界，對這世界的美好事物戒心重重。他們的感官即他們的敵人。倘若夢到一壺清水，他們會以為是撒旦在誘惑他們。他們一心求死，以便前往另一個國度，亦即那傳說中長生不老的永恆國度。

泰加林隱居者的心態，則和這種棄世態度恰恰相反。那些修士竭盡所能想離開這個世界；隱居山林者卻想和這個世界重修舊好。他們盼望此生中無法得到的至福終能降臨；他尋覓的卻是此刻此地不時浮現的確幸。他們追求永恆；他只想實現眼前的願望。他們一心尋死；他卻盡情享受。他們痛恨自己的肉體；他則把自己的感知力愈磨愈敏銳。簡單來說，如果想藉由一瓶伏特加度過一段愉快時光，那麼遇上的最好是個森林裡的獨居者，而別是瘋瘋癲癲的半仙。

在這種荒漠裡，能遇上自己的同類可是件天大的事。那些修士早已淡忘人類臉孔的模樣，因而一旦有外來者出現時，他們有許多人不禁腿軟跪地，以為是妖魔現身了。

今天早上沃羅迪亞．T．突然出現時，我便是這種情形。他開著吉普車來拿他的東西。為什麼這道該死的門打開時，從來就不能是一位來貝加爾湖畔歡慶二十三歲生日的溜冰冠軍丹麥女選手呢？

「來杯伏特加嗎？」我對沃羅迪亞・T・說。

「不了。」他說。

「你居然不喝酒？」

「我戒了。」

「什麼時候戒的？」

「二十年前，來這裡以前就戒了。某天，我醒來的時候，我老婆帶著孩子們跑了。家人勝過酒呀。後來，她們回來了，我從此也沒再喝了。」

「你在伊爾庫次克的新生活還好吧？」

「不怎麼樣啦。」

「怎麼說？」

「錢呀。我還是不得不殺熊，一塊熊皮，能賣六千盧布……整整一個月的薪水呀！有兩、三個人已經付了錢給我，我也答應了。」

「我們法國有句俗話說，別還沒宰熊就先數鈔……」

「我知道啦，別提了，我們也有類似說法。」

「真的不來一小杯伏特加嗎？」

「他媽的老二，就跟你說不要嘛。」

四月七日

花了整整一個鐘頭打掃小木屋，我的蘆葦掃把真是太好用了。我用海綿把帆布擦了一遍，並用伏特加替玻璃窗殺菌。由於今天是大掃除日，我把澡堂也備妥了。晚上，我整個人就像一塊錢盧布一樣亮晶晶，坐在桌前，杯裡盛著伏特加，穀物粥正在熬，熱茶在爐子上煮，幾根蠟燭垂著淚珠，還有那嘎吱作響的貝加爾湖——各自都在各自的崗位上善盡職責。溫度計驟降，我聽到雪松樹梢咻咻聲不絕於耳……

四月八日

暴風雪。

我人生中只剩下札記而已了。我持續書寫私人日記以對抗遺忘，為記憶補給。如果不記錄自己的一舉一動，活著又有什麼用。時光流轉，日子消逝，空白便稱勝了。私人日記，是用來對抗荒謬的絕地大反攻。

我把經歷過的每個時辰分類歸檔。持續寫日記能造就生活，因為天天都得和空白頁面對面，逼人必須更關注一天中發生的各種事件——要更仔細聆聽、要更用力思考、要更努力觀看。萬一沒有東西可寫在札記本的頁面上，實在很傷感情。每日的書寫，就像每天和女友晚餐約會一樣，如果希望晚上有話題聊，最好的辦法是白天就先有所準備。

外頭狂風暴雪。狂風如陣陣利齒般裁切著雪堆，大風摧殘著森林的最外圍。第一線的雪松默默承受蹂躪，被扯下的枝葉在樹頭上方飛旋。暴風雪企圖把這些樹連根拔起。這風是一股悲哀的力量——它縱使這麼粗暴也是白費力氣。叼著一根菸，依偎在自己的暖爐旁，望著外頭暴動，也堪稱是一種文明。

晚上，我緩緩把自己灌醉。小木屋，是使人頹廢的牢獄。

四月九日

暴風雪持續肆虐。狂風彷彿吹也吹不盡，它對著森林的外圍拳打腳踢。它到底有什麼深仇大恨？它對淡漠之物特別惱怒……湖面的積雪統統被吹掉了，顯得光亮潔淨。我被吹向岸邊的方向，在冰雪上移動了幾步路。一陣勁風扯掉了我的皮帽，帽子遭時速一百公里的大風捲走，十秒內消失得無影無蹤。我人在距離湖岸三公里處，趕緊用頭巾克難地包住頭，並拉上外套的帽子。我沒料到少了釘鞋，回程竟這麼吃力。在逆風的情況下，想回到岸邊實在難上加難。我不得不跪下來，盡量減少風阻，前進的同時必須把腳卡進冰層縫口裡。被暴風雪吹得趴在結冰湖面上匍匐前進，是叫人學習謙卑的一課。

只要這風的時速再多個幾公里，我就會像顆曲棍球一樣被掃去湖中央。到時我就不得不去相距八十公里的布里亞特對岸小村求助，跟對方說：「哈囉，不好意思，我是被風颳來的。」

昨夜，小木屋的所有關節接縫都嘎吱作響。木板的哀嚎中摻雜了冰層的迸裂聲。假如我是個迷信的人，一定會被這些悲鳴嚇得半死。

我受困屋內，不禁大發雷霆。在笛福的《魯濱遜》裡讀到這一段後，隨即平靜下來：「（十二月）二十四日：下了一整夜的滂沱大雨，白天我一整天都沒出門。」

四月十日

旭日東升在湛藍而寒冷的一天，湖面宛如被清洗過一輪。歷經四十八小時的拋光，世界猶如全新的一樣。在重獲新生般的氣氛中，我在戶外，坐在我的桌子前喝茶。一絲微風也沒有。我聽到一陣悶悶的低響，那是獨處時的耳鳴。

察看了一下我的幾個木箱，存糧愈來愈少了。現有的麵條和能用來拌麵條的塔巴斯科辣椒醬只剩一個月的量。我還有麵粉、茶葉和油。咖啡沒了。至於伏特加，應該還能撐到四月底。

下午，我實驗了一個新的釣魚地點，是在往北步行一小時的一處小溪口，溪口上方是一片長滿了生氣蓬勃樹脂植物的斜坡。這個釣洞的收成不好，花了一小時只釣到一尾鮭魚。我坐在凳子上，一直待到日落，盼望釣線能有一絲動靜。釣魚，是和時間簽署的協定中最終一項條約。倘若空手而歸，那就表示是時間有所收穫了。我同意靜靜不動待上好幾個小時，耐心耗盡之時，也許會有一條魚上鉤；而要是什麼斬獲也沒有，那就算了。我不會為了自己期望落空而怪罪時間。當活動只成了一種模糊的盼望時，能從事的活動種類其實所剩無幾。對於像我這樣一個不再相信救世主的人來說，我所盼望降臨的，就只剩下魚了。

晚上，烹調了今天唯一的一尾鮭魚後，我讀完《魯濱遜》，並開始閱讀薩德侯爵的《茱絲汀，或美德的不幸》；這兩本書必須同時閱讀。倒不是為了幻想茱絲汀來到某個有船難生還者居住的荒島上，而是因為魯濱遜試圖重現文明社會並重建道德體制；薩德侯爵則企圖炸毀前者並玷汙後者。兩人皆是文化的服務者，卻依循恰恰相反的兩種途徑。

四月十一日

夜裡短暫平靜過後，風勢又加劇了。到了兩點，風勢再度減弱，撥雲見日，一道道陽光灑在貝加爾湖上。有雲反擊時，冰面便蒙上陰影。灑滿光芒的湖面上陰影交錯，剁刀般的陰影在象牙色湖面上游移，愈發得寸進尺。太陽重新振作，一舉穿破敵軍防線。黑暗敗退了。光影玩著風與偶然的遊戲。

在這一片紋網光影中，有四個小黑點逐漸明顯。我透過望遠鏡，看出是幾名自行車騎士。有那麼一瞬間，我很想把爐火澆熄，不想讓煙囪洩漏我的蹤跡，但隨即又為這個念頭感到慚愧。

那幾個人行經了中雪松林岬並轉變方向。他們正朝我而來，不到二十分鐘就會到了。塞戈伊、伊凡、斯維塔和伊格都在布拉茨克的水力發電廠上班。冬季休假時，他們會跨上自行車，騎乘在結冰的車道上。我替他們倒茶，他們把包裝拆開，拿出一大堆肉品和一罐超大罐的美乃滋，並把美乃滋豪邁地抹在每一片香腸切片上。

「要再來點茶嗎？」我說。

「不用了，」伊格邊用香腸沾美乃滋邊說，「我們打算再過一個鐘頭去耶羅辛吃午餐……」

「你這裡山雀好多呀。」斯維塔說。

「對，牠們是我的好朋友，我的俄語都是跟牠們學的。」

他們聽了紛紛對我投以異樣眼光，最後索性收拾東西走人。

四月十二日

我前往耶羅辛。我忽然很想來一次沃羅迪亞最擅長準備的那種「澡堂」三溫暖，溫度要高達攝氏一百度，人面向巍峨的高山，在露天戶外喝著啤酒，身體在木頭遮雨棚下冒著煙。半路上，在我的岬角往北兩個小時路程處，我把我的小雪橇留在一條結冰溪流的溪口，這溪流銳利的結冰，把森林一切為二。釘鞋扎得很穩，我順著長滿了光禿禿冷杉的頁岩山壁，登上八百公尺高度。所結的冰只是一座橋，我能聽到冰層下的潺潺流水聲。溪水兩岸長了一些紅色的樹苗，它們的纖維滲入冰雪裡，宛如晶瑩剔透軀體裡的血絲。冬天是一把老虎鉗。

到了溪流下游，距離耶羅辛還有七公里。許許多多的大溝壑迫使人不得不繞路，必須在迷宮般的溝縫中找自己的出路，有時還必須從溝壑上方一躍而過。陣陣勁風吹掃著形如曲蛇的細雪花。我喜歡在冰雪上行走，除了月球之外，這是世上難得不用擔心會踩死小蟲的地方。對於那些連任何細小飛蠅也不願傷害的耆那教徒而言，這地方太完美了……

冰面上有紋路，簡直會讓人以為是一道思緒。倘若大自然有思想，那麼景致便是它各種想法的展現。必須賦予各生態系統一種情感，藉此描繪出它們的心理生理構造。這麼一來，將會有森林的多愁善感、山澗的喜悅、沼澤的猶疑、山峰的嚴峻、浪花的高雅貴族式輕快……這將是一門新的學問：景致的人類本位論。

我敲門時，沃羅迪亞開起玩笑來。

「你沒帶花來給依莉娜？」

「送花給女人是最不應該的一種事了。花是淫穢的性器官，花象徵著轉瞬即逝和不貞，它當著路邊就逕自綻放開來，任由各方的風吹拂、任由蟲子吸吮、任由蟲卵結蛹、任由動物啃咬；人恣意踐踏它、摘採它、嗅聞它。對於自己所愛的女人，應該要送石頭、化石或片岩，總之要送那種能天長地久而歷久不衰的東西才對。」

我原本很想這麼回答沃羅迪亞，但我的俄語太破了，只好說：

「有！但半路上謝掉了。沃羅迪亞呀，那澡堂，你弄好了嗎？」

「老弟呀，它早就在等你囉。」

晚間，我坐在長椅上，望著布里亞特漸漸轉暗，腿上躺著沃羅迪亞的貓。氣溫是零下十二度，天際宛如一片緞紗。一聲劈啪聲使貓的耳朵豎了起來。有隻狗在吠叫。

十一點了，沃羅迪亞並未關掉收音機。我裹得暖暖的，躺在小木屋的地板上，我們一起聽著第一臺。有重大不幸消息傳來，波蘭政府的圖波列夫專機在俄國斯摩棱斯克附近墜毀，機上總統和十餘名官員罹難，沒有任何生還者。該專機原本要載送波蘭總統出席卡廷森林大屠殺[7]罹難者的緬懷追思會，莫斯科當局終於願意為當年的大屠殺擔起責任。

「沃羅迪亞？」

「怎樣？」

「俄國飛機搞死波蘭人已經不是頭一遭囉！」

「別鬧了，他媽的老二，別鬧了。」

7　一九四〇年二戰期間，約二．二萬名波蘭軍人、公民於蘇聯境內的卡廷森林遭集體殺害。

四月十三日

整個夜裡，收音機都在播放新聞。我半夢半醒之際，聽到死亡人數持續攀升：九十五人死亡……九十六人死亡……九十七人死亡。到了兩點左右，我用紙團把耳朵塞起來。我撕下一頁《吉姆爺》，將它咀嚼許久（油墨味並不美味），然後把康拉德這部文學大作深深塞進耳朵裡，以為這樣就能聽到大海的聲音。

今天早上，沃羅迪亞帶我去巡視他的一系列陷阱。森林巡邏員的任務就是要防止盜獵者殺害野生動物。沃羅迪亞也很遵守保護區內的嚴格法規。他的小木屋蓋在耶羅辛河左岸，就位在這座自然公園的最北端。河對岸的森林不在保護範圍之內，他的陷阱便是設在那裡。

他穿上滑雪板，即釘了馬皮的兩片木板；我穿著踏雪板跟他走。要三個小時才能巡完所有陷阱。我們深陷在積雪中，我們沿著陡峭岩石山壁和山肩樹林地的交界處底部走。我們每到一處，該處的松鴉就跟著鳴叫。沃羅迪亞的狗年紀還小，不斷發出假警報。牠還不懂不能只為一隻松鼠就打擾自己的主人。沃羅迪亞只好用一連串的破口大罵，教牠該如何當一隻稱職的狗：「他媽的老二，這些狗真沒家教！」十五個陷阱共捕到兩隻貂。沃羅迪亞堅稱森林裡什麼也沒了，還說以前的日子好過多了。美國人滅絕了草原上的野牛，俄國人則滅絕了他們的貂。他們終結了有著厚皮毛的動物，以便將皮草披在人類身上。某天，人類踏進了森林，天神們便離去了。

我才知道這世上儘管有人能生活在一個超大溜冰場旁，天天吃著魚子醬、熊掌和鹿肝，身穿貂皮大衣，能揹長槍去森林裡，每天早上黎明曙光觸及冰雪時目睹全地球上最美的奇觀美景之一，心中卻仍嚮往配備有各種電腦機器和高科技玩意兒的公寓生活。

對隱居生活的嚮往，有一種很固定的流程。首先一定是在現代化大都市裡因消化不良而痛苦不堪，然後才轉而嚮往森林裡白煙裊裊的小木屋。一旦在墨守成規的肥油中變得僵直麻痺，又在安逸舒適的脂肪中被包得密不透氣後，就是時機成熟、接受森林召喚的時候了。

中午時分，我踏上歸途。冰面上覆蓋了一層灰塵般的薄雪，腳下走起來很滑。我迫不及待要享受獨處的晚間時光。霧氣籠罩山腰，湖岸景象不斷形成和再造。

四月十四日

寒冬沒完沒了。昨天夜裡氣溫是攝氏零下十五度，毫無雪融的跡象。雪從早下到晚，能聽到雪花互相摩擦的簌簌聲。我整天都待在我這母體般的小木屋裡，這裡是我的蛋殼、我的小窩，我每次走進門來都心懷感激，能感受到自己被美好的溫暖所包覆。時間很緩慢地從窗外流轉，我覺得有一點無聊。今天是個沒關緊的水龍頭，每小時都在漏水。無聊是個過氣而退流行的同伴，然而人還是會用它將就將就。有了它在，時間蒙上一股油漬鱈魚肝的油味。忽然間，這股味道逸散，人不再感到無聊了。時間又變成那無形又輕盈的過程，在人心中開拓出自己的道路。

四月十五日

我費了兩個半小時才走出森林。我從小木屋南邊的第二條縱谷溯谷而上，想尋找一個紮營的地點。雖然穿上踏雪板，我仍深陷雪中，雪深達大腿，每走一步都是一場奮戰。我於傍晚七點來到森林最頂層的邊界，整個人被汗水浸得溼透。我選了一處海拔一千兩百公尺的山肩碎石地，下方一百公尺處斜坡上有一道野狼的足跡。狼不需要冬眠，現在的氣溫低得連狼都想罵人吧。一些被風吹得露出了樹梢的矮松，攀爬在鐵鏽色的大石塊上。布里亞特成了東邊的一縷紅。我砍下一捆捆松樹枝葉，準備替自己鋪出一張床墊，接著在微弱光線中生了火。我架起帳篷，把床墊和棉被丟進去。我把麵條放到火上烹煮，再舒舒服服地躺到我這張比羅馬帝國時代沙發還柔軟的枝葉床鋪上。我的火生在兩個一百五十公分高的大石塊之間，石塊表面能反射熱氣。溫度大約在零下二十五度到三十度，而我窩在這個被火烤得暖烘烘的石頭貝殼裡，感到很溫暖。我專注凝視一個很明確的點，也就是炭火的火花被拋向空中，由亮轉暗，奮力散發出最後一絲璀璨，隨即消失融入星空中那個點。我實在千百個不願意進去帳篷裡，就像個不肯關掉電視的小孩子。我躲在被窩裡時，能聽到木柴燃燒的劈啪聲。沒有任何事比得上獨處的時光。此時若想感受完滿的幸福，我只缺一個能讓我傾訴此事的對象。

四月十六日

我拉開拉鍊，被刺眼陽光照得頻頻眨眼，看到晴朗藍天讓我心情大好。站起來後，下方八百公尺湖床上那片空曠廣闊的壯麗湖面盡收眼簾：我以這樣的方式展開這一天。有隻山貓夜裡來營地一遊，牠在帳篷周圍到處留下腳印。

露營的早晨總讓人幸福得飄飄然。安然處在森林上層，平安度過一夜，生命因此又更豐富了一些些。

我往營地正上方爬了四百公尺。上午十點，我距離峰頂的山脊只剩五百公尺。山稜勾勒出一條正弦波曲線——山岬是波峰，山灣是波谷。山腳黑色齒狀的突出處緊咬住結冰的湖面，波紋般的線條很像戰線圖，敵對陣線互相對抗、互有消長。我回到我的火堆旁，重新生火，煮了茶，把露營器具打包收好，然後回家了。那隻山貓先察看了野狼的足跡一番才回去森林裡。雪地上，貂、野兔和狐狸的足跡交錯。森林裡無形的生氣十分蓬勃。苔蘚輕撫著我的臉龐，我在落葉松林前微閉雙眼——它們就像手持木棍武器的巨人。如果那些沙漠隱士退隱來泰加林，他們發明的宗教一定滿是歡樂的神仙和動物神靈。沙漠使人乾枯，我不禁想起聖伯爾納鐸，並在溜達歸來時慶幸自己對外在世界渾然不覺。

三個小時後我回到小木屋，氣溫是零下兩度，我在屋外的海灘桌上吃午餐。暖意讓山雀們歡欣飛舞。遮雨棚邊緣垂掛的冰柱在滴水。在人類的一年之中，春天真正到來之日可是個大日子。

暮色降臨，籠罩湖面，蠶食著白色冰原，蒙蔽了布里亞特的層層山巒，布里亞特山巒卻不以為意，慵懶癱在湖的對岸，自以為夕陽與它們無關。

四月十七日

隱居者並不會對人類社會造成威脅，他頂多只代表了對人類社會的批判。流浪漢會偷竊；走路工則會在電視上大放厥詞。

無政府主義者夢想摧毀他自身所在的社會；駭客如今從自己的臥室裡策動攻陷虛擬城市。前者在小酒館裡拼製他的炸彈；後者在電腦設計程式作為武器。兩者都需要他們所鄙視的這個社會：社會是他們的攻擊目標，而摧毀這個目標就是他們活著的意義。

隱居者則退居一旁，持禮貌婉拒的態度。他就像個客人以溫柔的手勢婉拒遞給他的菜餚。如果社會消失了，隱居者仍會繼續過著他隱居的生活；反抗者呢，在技術上來說卻要失業了。隱居者不對抗任何人事物，他擁抱了一種生活風格；他不拆穿謊言，他追求真理。他不會造成任何具體危害，人們容忍他，把他當成一個中間類別，當成野蠻和文明之間的一種中介層級。克雷添・特洛伊筆下的圓桌武士伊凡，因失戀傷心得全身赤裸在森林遊蕩。他遇見一位隱士，隱士收留他、照顧他、循循開導他，最後再送他回城裡。隱居者呀，是不同世界間的穿梭者。

下午四點，我把克雷添・特洛伊的書闔上，往北方走約一小時路程的二號釣魚洞口釣魚；一號釣魚洞口就在小木屋對面。沿途行經景象嚴峻的河岸。這些樹林裡有一股喜悅氣氛，卻不帶半分幽默。也許因為這樣，隱士們的神情才會那麼凝重，梭羅的文字才會那麼嚴肅。我抓到三尾二十公分長的鮭魚，在牠們肚子裡塞了莓果增添風味、淋上少許油後，牠們統統進了油鍋。魚肉真美味，很新鮮，很搭配伏特加；不管什麼配伏特加都非常搭，只有女生的香吻除外。但我現在不必擔心這一點。

四月十八日

塞戈伊早上八點走進我的小木屋。他先去了耶羅辛的沃羅迪亞家串門子，我沒聽到他車子行駛在湖畔上的聲響。他按照慣例，門也不敲就直接闖進來，嚇得我大叫一聲，花了好一會兒才讓我遭不速之客擾亂的內心恢復平靜。茶根本還沒煮，我也就免去把茶打翻的麻煩了。

「你這小木屋，維護得滿好的。沃羅迪亞和我都覺得你這是個『德國小木屋』。」

「是喔？」

「你要不要來波可尼基？我可以再送你回來。」

「好……還是先燒個茶吧？」

「不用了，來吧，咱們閃人啦。」

十分鐘後，我把門鎖好，上了他的車。我們往南滑行。在俄羅斯，凡事都在倉促中完成：人生是一場一再被驚醒中斷的睡眠。波可尼基那裡正在大興土木。塞戈伊和淺色眼珠的尤拉趁著湖面結冰，在一大片往湖灣北側延伸的沼澤地上蓋了一座木樁平臺。他們稱它做「小島」。我們靠著木頭槓桿、起重器和繩索，整個下午都在想辦法把一個金屬貨櫃弄到那木頭平臺上。貨櫃裡有一個床架和一座鍋爐。

「保護區的範圍只到湖岸線為止，湖岸再過去那頭就不受法律約束了。所以這小島將是個自治區。」塞戈伊說。

「是個自由領地？」我說。

「對，自主且自由。我們這下創立了『波可尼基自由自治區』。」

有些身影在落葉林裡走動。是馬，牠們靈巧地避開樹幹，牠們的蹄子踏在雪地上的聲音，猶如拳頭打在羽絨枕頭上；牠們臉頰的兩側冒著陣陣俊帥的霧氣。這些馬原本是位在波可尼基北方兩公里處的索爾尼奇那雅氣象觀測站人員所飼養的，一九九一年蘇聯解體，人員紛紛撤離，牠們又回歸野生狀態。傍晚，有一匹四、五歲的馬低著頭，在小木屋間徘徊。牠離開同伴是為了來等死。牠面對貝加爾湖躺了下來。塞戈伊嘆了口氣，用匕首在牠頸動脈劃了一刀替牠了結生命。我們用斧頭肢解了牠。血肉在低溫中冒著煙，一些松鴉飛來守在松樹頂端，排列得井然有序又細緻的內臟咻一聲滑了出來。夜色降臨在這些汁肉肺腑上。等待已久的狗兒們，終於獲准大吃一頓。

入夜後，波可尼基因為一件不得了的大事而群起騷動。保護區的新任區長S.A.來探訪他麾下的森林巡邏員們，陪同前來的還有他的一些幕僚，他們帶了伏特加和白蘭地來。我很覬覦那一箱箱的酒，因為這分量才足夠我抹去腦海中那匹氣喘吁吁迎向死亡的馬的記憶。娜塔莎燉了一鍋鹿肉湯。桌上擺出了一席俄式大餐：擺放方式很隨性的烤鯰魚排、一大塊鹿肉和西伯利亞香腸。大家喝得不醉不歸。

「區長，您是在哪裡出生的？」我問。

「圖瓦共和國。」他說。

「那裡是列寧的故鄉。」塞戈伊說。

「那麼，」我說，「我們就來敬統治帝國和自然保護區的獨裁者一杯吧。」

「也要敬圖波列夫公司的飛機。」S.A.的一個手下說。

「為什麼？」

「因為他們的飛機是世界上最好的飛機，最近才讓一整架波蘭人摔死了。」

娜塔莎送了一袋冷凍魚給區長。儘管S.A.是個公事公辦的人，他眼神仍難掩喜悅。這裡往昔苦日子的記憶尚未完全消退。

四月十九日

白蘭地消化得不太順暢。現在是早上九點，我頭殼裡彷彿橫跨著一條鐵軌。有著一雙浮冰灰色眼珠的尤拉叫醒我：該去收漁網了。斷指的薩沙隨我們同行。上了小卡車後，我趴在一堆繩索上，慢慢從宿醉中醒來，一面聽著他們兩人嘰哩呱啦聊著他們最愛的話題：

「為什麼你們那裡有那麼多穆斯林？」

對俄國鄉下人來說，法國有兩件事令他們很驚奇：才飄了兩公分的積雪，這些拿破崙大軍團的子民居然就連忙求政府出面幫忙；以及居然在還有三千名士兵於阿富汗山上行軍時，就任由一座座城市燒燬。薩沙每次見到我都會跟我聊這些事。

那個釣魚貨櫃距離波可尼基十五公里。在那鐵皮小屋內，木板地上鑽了個洞孔，這洞孔直通冰層上的洞孔。有個瓦斯暖爐維持屋內溫度，只穿羊毛襯衫就能抓魚。一開始先用手動絞盤把上百公尺長的繩網收上來，絞盤每旋轉一圈都會嘎嘎吱吱叫。尤拉整整兩小時的時間，眼神空洞地不停旋轉著這臺絞盤。漁網從水底下慢慢現身。兩個俄國人從水中拉出這張假髮般的尼龍網，並取出網內的貝加爾白鮭。塑膠桶裡愈來愈滿，裝進了上百條魚。貝加爾湖在土耳其藍的湖光中，把它的成果送給我們。最奇怪的是，儘管已警告了千萬年，它依然還是繼續給予。午餐：五條魚丟進鍋子裡，再灑上三杯「薩馬貢」，即薩沙在他北貝加爾斯克鄉下別墅裡親自釀造的焦糖色烈酒。塞戈伊送我回家。在壯麗如畫的湖面上緩緩滑行時，我們並未交談。冰面上大理石般的紋路、迸裂的巨大浮冰、背負沉重積雪的松樹軍團，以及皺褶般的黑色山壁，共同在畫布般的天空襯托下，構成一幅痛苦受難的畫作。相較之下，卡斯巴．佛烈德利赫簡直像海地的畫作。一道溝縫阻斷了我們的去路。

「這道溝縫是今天才裂開的。」塞戈伊說。

「這下我們要怎麼過？」我說。

「『跳板』……」塞戈伊說。

「那你回程怎麼辦？」

「繞路囉。」

溝縫兩側的高度未必總是相同。冰層擠壓時，會使其中一側升高，駕駛有時就是利用這種高低落差，讓車子得以順利越過障礙。我對塞戈伊有信心，但距離溝縫剩五十公尺，他加足馬力卻在胸前比了個十字時，我心頭仍忍不住揪了一下。我們終究安然通過了。

四月二十日

基於行政原因，本日記在此須停頓九天。俄羅斯當局強迫我回到文明社會，以辦理簽證延長手續。我逼自己離開湖畔，坐上數班飛機，走訪了冬眠時期比熊更長的相關外交和文化事務單位，蓋到了我需要的印章，盡量關閉自己的眼睛耳朵，以免自己被大城市給吸乾，我緊張得像把弓一樣，一晚只睡五個鐘頭，把自己灌得爛醉，再度把一整箱糧食和夏季裝備丟進一輛小卡車的後車廂，回到來時路上，重返湖邊，抵達歐爾庫隆島的最南端，與之前送我前來並在等待我的冰上滑行艇會合。

四月二十八日

冰上滑行艇是俄羅斯鋼鐵工業的傑作。這種滑行艇靠螺旋槳推動前進，底部是一塊氣墊。四月底這時候，冰面上處處是裂縫，滑行艇卻能通行無阻。短短四個小時，我們就在安托諾夫飛機般的轟隆隆巨響中，回到波可尼基。自從我離開後，冰面變成了乳白色。冰層略微融化了，表面多了一道不透明的薄層，踩在腳下會喀啦碎裂。行經扎伐霍特諾小鎮時，我順道去了V.E.家，他把他十二隻狗的其中兩隻托給我照顧：愛卡是一隻黑毛女生、貝可是一隻白色公犬。牠們目前四個月大。五月底要是有野熊接近小木屋，牠們就會吠叫示警。我另外還有我那把信號槍，萬一遇上攻擊，只要朝熊的腿間發射信號彈就行了。巨響和火光通常足以把熊嚇退。

我回到小木屋後心情大好，就像步兵回到防空洞一樣。隨著我心情不同，我這小屋有時像是一顆蛋，有時像個子宮，有時是棺材，有時則是一艘木頭造的船艦。我向朋友們道別。噢，他們汽車引擎聲漸漸遠離，我心中油然而生的快樂真是難以言喻。

四月二十九日

冬天仍揮之不去。唯有湖面蒼白的表面顯示春天正蓄勢待發。

森林裡空地上的雪稍稍融化了，我前任屋主二十年來所累積的垃圾又多露出來了一些。俄羅斯民族能展現出驚人的毅力擊退敵人，卻沒有餘力把垃圾丟進坑裡。我把一些輪胎、報廢機器和引擎殘骸統統拖到澡堂牆壁後面。我讓森林裡的空地又騰空出來。湖畔上起了一股霧，霧氣如遭木樁酷刑般被松樹戳穿，偶爾再被一道金色陽光射透。在這夢幻的氣氛下，我出門釣魚。我走到哪裡，兩隻狗就跟到哪裡。我的影子成了狗。這兩個小傢伙黏我黏得很緊。狗是一種具有人道精神的動物，牠們深深信任著我們。有些地方，水滲入了冰層，在乳白色釉彩般的冰霜裡輝映出青金石色的光澤。兩隻狗在釣魚洞口前耐心等待。我釣到三隻紅點鮭魚，魚的內臟都送給狗吃。

跑了一趟城裡，更加深了我對小木屋生活的愛。小木屋就像是夜裡天花板的小夜燈。

四月三十日

泰加林變成黑色的。大樹枝頭上的雪消失不見了。群山上出現許多暗色斑塊。曙光乍現，愛卡和貝可就衝到窗臺下。如果早上會有兩隻小狗雀躍迎接你，深夜也就成了甜蜜的等待。狗兒忠心耿耿，不求回報，不求任何義務，用一根骨頭就能得到牠的愛。狗呀？人讓牠們睡在外頭，對牠們口氣很差、破口大罵，用剩飯剩菜餵牠們，有時還「啪！」一掌打在牠們身上。我們人賞牠們的打罵，牠們用滿嘴熱情的口水相還。我忽然明白了為什麼人說狗是人類最好的朋友：因為狗是個可憐的傢伙，對命令照單全收，且不求酬勞回報。這種動物完完全全符合人類的給予能力。

我們在湖邊玩耍。我替牠們把愛卡撿到的鹿骨拋出去，牠們每次都會撿回來，怎麼玩都玩不膩。這遊戲牠們愛玩得要命。這兩位大師教我要住在唯一值得居住的地方：當下。我們人類呀，最大的罪過，就是無法再像狗一樣，總能興奮激昂地一再撿回同一根骨頭。我們為了追求快樂，總是想在家裡囤積個幾十件愈來愈精密新穎的東西。廣告總是對我們喊「去撿回來！」。狗早已把欲望處理得乾乾淨淨。

帶著兩隻小狗，走了很遠，一路走到南雪松林岬。天空猶如破碎的紗布，還起風了。一道道陽光隔著雲層，以獅虎般的黃色光束橫掃泰加林，留下繽紛金色綴飾。山裡，有時一片腐朽的山崖斷面會忽然亮起來。結冰不完全的舊溝縫儼然是陷阱，單憑目測無法估量冰層的厚度。兩隻狗在一區積水前停了下來，牠們苦苦哀嚎，不肯繼續往前走，我只好小心翼翼踏進水裡，好讓牠們看到這裡可以通行。有隻老鷹在無法觸及的遠方盤旋遨翔。風掀起陣陣細小碎片，小碎片與一道陽光交會時，便成了黃鐵礦塵。森林在狂風下發出怒吼。春天的各種勢力已經到來。我感受得到，這些力量已在虎視眈眈，只是還不敢收復失土。

天空發狂了，純淨的空氣披頭散髮，光線驚惶漫射，此等絕世美景轉瞬即逝。這就是天神顯靈嗎？我無法拍攝任何照片，拍照成了雙重罪行：不屏氣凝神是罪，侮辱當下也是罪。

等我們來到距離小木屋十公里處、我想嘗試釣魚的地方時，我連手轉式鑿冰器都來不及拿出來。暴風逼我們撤退，我一路奔跑回家，兩隻狗緊跟在後。劇風吹得我們動彈不得，尖銳的細小冰晶被颳到空中，兩隻狗用前腳摀住鼻子。我們對抗著一個無形的手，歷經兩個鐘頭奮鬥，好不容易回到小木屋。

明天，就是五月了。泰加林裡會不會出現鈴蘭花[8]呢？

8 依傳統習俗，法國人每年五月一日會以鈴蘭花贈送彼此，以表祝福。

五月

動物

五月一日

去年二月，小木屋往北兩公里的地方，在一處湖灣冰面上，沃羅迪亞設置了一個捕鯰魚的簍網。簍網現在仍留在原冰面上，以木樁固定著。我鑿開舊洞口，把簍網放進水裡，並在簍網內多掛上兩個紅點鮭魚頭。兩隻狗負責守在洞口，免得有美人魚從洞跳出來撲到我身上。

我是一方湖畔的大王，是我兩隻小狗的大爺主人，是北雪松林的國王，是山雀的守護者，是山貓的盟友和野熊的兄弟。我更是個有點醉的人，因為砍柴伐木了兩小時後，才剛喝光了瓶底的伏特加。

住在生態保護區裡，純屬象徵意義：人不過是驚鴻一瞥。他能留下什麼痕跡呢？只能留下他在雪地上的腳印。湖的對面，布里亞特那一頭，有個「生物圈保護區」，禁止任何人進入。在地球上把大片土地劃分成神聖禁地，讓生命得以在沒有人類的狀態下永續發展，我覺得這樣挺詩意的。動物和神靈將不必受到人類監看，過著自由自在的生活。我們將會知道，在這個避風港裡面，有一種野生的生活正在發展茁壯，而光是知道這一點，就足以令人撫慰欣喜。這並不是要禁止人類取用森林、土地和海洋的資源呀！而是要從我們的取用範圍中，刻意排除掉幾片土地。但專家學者們盯得很緊。他們滔滔不絕呼籲必須讓生態環境作為服務人類之用，他們絕不容許多達七十億人口的人類連面紙都不許用……

五月二日

冰雹使銅綠色的泰加林變得朦朧。老天決定降下雪花以外的東西。一整天都在閱讀默西亞．埃里亞德（一本用來期待春天的書：《宇宙與歷史：永恆回歸的神話》），和清除森林空地上最後一些沃羅迪亞留下的廢棄物。傍晚，我到北雪松林的溪口鑿了一個新洞口進行實驗。這下子，我一共有四個釣魚點了：小木屋前、往北方步行一小時路程的湖岬端，以及我昨天重新布下鯰魚簍網的湖灣底。我坐在板凳上，一面抽菸一面望著魚線釣餌。

兩隻狗時時都在我兩腿間跑來跑去。牠們的愛，讓我成了小學徒。牠們不臆測未來，也不耽溺於回憶。在渴望和懊悔之間，有一個點叫做此刻。要像站在細酒瓶口上拋耍小球的雜耍藝人一樣，學習讓自己在這個點上保持平衡。像狗就做得很好。

扎伐霍特諾的V.E.把牠們托給我時曾說：「別讓牠們靠你太近。」我是全東烏拉山區最糟糕的狗主人，完全無力抵擋愛卡和貝可的洋溢熱情。一般人會教狗趴下，並宣稱自己是在「訓練」[9]狗。這兩個小傢伙的胡鬧我一概照單全收，就算牠們在我大腿長褲上留下腳印也無所謂。

我們返抵家門時，手上帶著晚餐：三尾有斑點的鮭魚。兩隻狗今天的晚餐將是魚頭和魚內臟，除此之外，我會再加入麵糊和脂肪。遠方，一道道陽光從雲端透射下來，天堂應該就是這裡吧：時時令人屏息的壯麗美景、沒有蛇、無法光著身子生活，而且有太多事情要忙，沒有閒工夫創造什麼上帝。

五月三日

今天早上，黎明被捲入薄紗霧之中。我順著「白谷」往上游登溯。森林裡，積雪內含滿滿的融水。兩隻狗跟我跟得很吃力，牠們深深陷進我踏雪板的腳印裡。到了頂端的凹處，也就是我抵達山坡、準備前往岩質山脊的地方，有一頭熊曾穿越此地，並登上了對側山坡。冬眠結束了。野熊的甦醒、白鶺鴒的到來，和冰層的鬆裂，在在都是春天的大使。我有信號槍掛在腰間，還有兩隻狗當開路前導，倒是不用擔心會出事。反而是熊知道人類是熊界的狼，要盡量避免遇上人類才好。

我來到一千公尺高度，來到山脊線上。我坐在一根矮松樹幹上，背靠著一塊大石，雙腿騰空。腳邊有一整排金黃色的落葉松，我望著霧氣逐步籠罩山壁，滾筒狀的綿密霧氣撞上樹林的外圍。我剪開一根帕特加斯雪茄。喜歡抽菸的人，總喜歡讓自己身上披上雲霧。

一口口的煙霧，是不殺生的祭品，能讓凡人更親近天神。我喜歡霧氣，它宛如地面上的薰香。每個愛作夢的人都夢想著消失在雲霧裡。

五月四日

今天早上，這一帶回到先前皚皚白雪的模樣，一輛小點般的邊車出現在北邊天際，隨即在我的湖岸前停了下來。兩隻狗並未吠叫，這樣不是好兆頭，萬一熊來了怎麼辦！來者是歐雷格，他是一位我見過一、兩次面的漁民，正要從耶羅辛去扎伐霍特諾。他的機車是一輛750 cc的Ij Planéta老爺車，產於一九八〇年代，性能比650 cc的Ural耐騎，但不如軍用邊車那麼拉風。歐雷格也這麼認為。

伏特加好喝，外頭飄著雪，歐雷格帶了小黃瓜來，我們把小黃瓜切片，每喝一口酒就配上一片脆脆的瓜。歐雷格很久沒跟人說話了。

「虧我以前還很怕資本主義者，結果你人這麼好，你應該要更常來耶羅辛。這湖上大概還能通車個十五天，之後就會到處裂開來，隨便走一步都可能摔死你。雁子和鴨子都會飛

9　法文「訓練」（dresser）也有「站起來」之意，與前述的「趴下」形成諷刺對比。

來，你等著瞧吧，某天早上，牠們就會忽然從中國或泰國或哪個他媽的天堂飛來了。有一天，有雁子來湖邊我家落腳，還在我的小船上築巢，居然有獵人跑來，想朝牠們開槍。我出面阻止，我跟他們說：『你們敢開槍給我試試看，我一定一拳揍爛你們的臉。』我不喜歡別人朝我船上睡覺的鳥開槍。去年，我發現有隻海豹寶寶被丟棄在湖畔的碎石地上，我拿東西餵養牠，餵了一整個夏天。」

我想像歐雷格用他流氓般的大拳頭替小海豹餵奶的模樣。剛才，他的機車逐漸靠近時，我還心想：「但願這個毀了我寧靜的混蛋只是路過而已。」現在，我們卻稱兄道弟，還一起痛飲一瓶酒。

「對了，」他說，「這一小包酵母是依莉娜要送給你的。」

這一公升的毒藥終究被我們喝光了，歐雷格繼續上路，我則癱倒在我床上。

五月五日

早上六點三十分，布里亞特把太陽還給了我們。

酵母讓薄餅再也不一樣了。

兩隻狗對白鶺鴒宣戰了。

湖面上那層薄薄積雪，讓湖看起來很像玻利維亞西南部的烏尤尼鹽沼。

三個月前塞戈伊用電鋸砍下來的一塊松木塊，我現在三分鐘就能劈成細柴。

夜裡氣溫攝氏零下十度，白天則只比零度多一點。

樺樹樹皮比乾掉的苔蘚更適合當火種。

黑色的狗在冰面上遠遠就很顯眼。夏天，在淺灰色的湖畔上，牠也將很難偽裝自己。

如果想把斧頭磨利，只要一顆用繩子耐心磨過的卵石即可。

魚通常會自然而然守在釣魚洞口的最底部。

加水稀釋過的伏特加是很不錯的窗戶清潔劑。

像我昨天那樣把煤油燈掛在小木屋天花板，實在是很蠢的行為：屋梁一不小心就可能著火燃燒。

把自家屋內整理得井然有序，會讓人心情愉快。

把未去鱗片也未除內臟閃閃發亮的鮭魚直接烹煮，煮出來的味道更濃郁。

早上七點，晨曦的曙光會碰到我的桌子；下午兩點，會碰到床腳；傍晚六點，太陽會從我這邊的山頭後下山。

尚無任何昆蟲甦醒。

喝到第五杯伏特加的時候，最難抗拒再來一杯。沒什麼事情好做時，會讓人注意起所有的事情。

以上就是今日的觀察心得。

五月六日

冰雪是記錄時間的記號。春天即將為冰雪帶來致命的一擊。水已滲入冰面，鑿出無數細小筆直細縫。冰層被小蟲侵蝕。冰層分崩離析成晶瑩碎冰，將是指日可待之事。坑坑疤疤的表面，已不再是先前那堅硬如金屬的美麗漆黑冰面。珍珠色澤的冰層正在脆化瓦解。

我經常出去長途漫步，愛卡和貝可總是跟前跟後。我來來去去，從一個岬走去另一個岬，每次往返，烏鴉都在大聲嘲笑。

五月七日

冰水中這個鯰魚超載的簍網是一場噩夢。被簍網捕獲的鯰魚一共六尾。我現在明白為什麼有那麼多人視鯰魚為邪惡象徵了，鯰魚的臉很像中國的妖魔鬼怪，銅綠色和黃色身軀則黏不拉搭的……牠們有一種托爾金筆下「咕嚕」的調調。我放走了四尾，留下最大的兩尾，朝頭頸部讓這兩尾一刀斃命。連兩隻狗也不敢接近這兩條鬆垮垮的魚體。啊，把動物放生真是人生一大快樂。我在腦海裡以思緒向法國極地探險家夏古致意，他在冰島水域遭遇船難身亡前，把他的海鷗從籠子裡放生。我在湖邊的木桌上，把鯰魚的內臟清理乾淨，然後在鍋爐裡放滿木柴，準備下廚。鯰魚的肉質很有彈性，但味道很重，略微噁心。料理方式有非常多種，最佳的方式是裹上麵糊油煎，用帶油的麵衣蓋去土腥味。英國人不論拿到什麼食材，一律靠這一招來料理。對於在英國布萊頓炸魚柳和薯片餐館裡那些充當桌布的油膩膩報紙，我仍記憶猶新。我替兩隻小狗弄了一道燉麵糊，好料則留給我自己：伏特加香煎鯰魚肝。

魚肉連吃幾個月後，我也脫胎換骨了。我的個性變得像湖泊一樣，更沉默寡言、更緩慢了，我的膚色變白了，身上散發出一種魚鱗的氣味，我瞳孔放大，心跳放慢了。

在湖面上行走了很長一段路，一路走到中雪松林岬。風把一股溼潤樹林的氣味吹到湖邊來，溫度從零下略微回升到零度以上，並因此釋放出泰加林的芬芳。春天僅若隱若現，但在依然冰冷的天空中，太陽成了熱點。溝縫間的結冰已融成水了，溝縫要是太大，兩隻狗便無法通過。我把一隻狗抱在懷裡，跨過溝縫，再回來抱另一隻，另一隻總是以細細的哀嚎聲苦苦懇求別拋下牠……

在中雪松林，有個小木屋廢墟。有個人曾躲藏在這裡，一直躲到一九九一年蘇聯垮臺。倘若有國家安全委員會的人來這一帶，他就逃到山上，躲個幾天避一避風頭。我一直沒弄清楚他到底是個異議分子還是脫黨分子。如今這裡只剩下一個屋頂塌了的小屋，我一進到屋內，就不禁想起這個人。葉爾欽上任後，他回到伊爾庫次克，立刻就在那裡過世了。我好希望能有機會認識認識他，我家一定隨時歡迎他來一起吃飯。我在東倒西歪的荒廢屋梁中，找到了一個煤油燈座和一只茶杯。

在俄羅斯，森林會把自己的枝幹伸向快滅頂之人：鄉下人、流氓土匪、單純的人、叛逆的人、無法忍受得遵循潛規則的人，都紛紛來到泰加林裡。森林從來不會不庇護來者。王公貴族呢，他們會派他們的樵夫砍伐森林。如果想統治一個國家，總是先從開墾土地下手。在一個有法治的國度裡，森林是最後一個倒下的自由堡壘。

政府什麼都看得到；在森林裡，生物卻來無影去無蹤。政府什麼都聽得到；森林卻是靜謐的殿堂。政府什麼事都大權在握；在這裡，只有一些遙不可考的慣例。政府要求底下的人乖乖聽話，體面的身軀裡，心靈早已枯竭；泰加林卻讓人回歸原始，鬆綁靈魂的枷鎖。俄羅斯人知道，萬一天塌下來，永遠還有泰加林可投靠。這種想法早已在他們潛意識裡根深蒂固。都市生活只是一種暫時性的體驗，總有一天會被山林生活重新取代。在北部的薩哈共和國一帶，反撲已經開始了。在那邊，泰加林奪回了許多因政治改革而廢棄的礦場城市。再過一百年，那些露天監獄將只淪為埋藏在枝葉下的廢墟荒土。一個國家的繁榮，來自於物種的取代：人類取代了樹木。假以時日，歷史將翻轉，樹木又將長回來。

各國的異議分子呀，統統到山林裡去吧！你們將從山林獲得慰藉。森林不會批判任何人，它自有它的一套規矩。它會在五月底時，舉行它的年度慶典：萬物將再度生氣盎然，灌木一片欣欣向榮。冬天時，人在森林裡永遠不會感到寂寞：野鴉的叫聲、山雀的造訪和山貓的足跡，在在都能使心愁消散。鬱鬱寡歡時，只要想想這條周而復始的美麗法則即可：樹木會枯死、倒地並腐化。而腐殖土是森林的記憶所在，土壤上有其他新樹誕生，在接下來的一、兩個世紀中，再次展開它們迎向天際的旅程。

小白狗貝可流血了。冰霜劃傷了牠右前腳的腳掌。我用油加上鯰魚脂肪替牠按摩腳部。生物演化可曾料想到，鯰魚的肝竟有助於西伯利亞小狗的傷口癒合？

五月八日

在被一道道流水劃過的灰白相間冰面上，我正前往耶羅辛，準備去沃羅迪亞家，禮貌性地拜訪他。貝可的腳掌好多了。兩隻狗肩並肩慢慢跑著，我們五個鐘頭的時間就走了很長一段路。到了耶羅辛的湖灣，我們不得不在迷宮般的裂縫間尋找可走的路。空中盤旋著一隻很大的老鷹，牠可能在守護某隻死去的海豹吧。

我坐在沃羅迪亞的桌前，望著窗外永恆俄羅斯的各種畫面接連上演。俄羅斯人喜歡用「格魯賓納」（gloubina）一詞形容偏鄉地區，也就是「深」的意思。依莉娜頭上綁著頭巾，正在果菜園裡餵她那隻鵝。有頭羊從旁經過，後面跟了隻貓。這扇窗戶，活像俄國畫家列賓的一幅畫。畫名可以叫做「西伯利亞的一天」。狗在打群架。到了耶羅辛後，才四個月大的貝可和愛卡，衝到沃羅迪亞的五隻大狗面前，想要痛宰這些大狗，兩隻小狗反而挨了大狗一頓揍，但我仍稱讚牠們勇氣可嘉。沃羅迪亞的大拳頭裡端了一杯茶，他啃著一顆檸檬。收音機裡，法國老牌歌星尤蒙頓唱著經典老歌〈枯葉〉，並夾雜著一點沙沙響的雜訊。有位主持人開始對蘇聯紅軍歌功頌德，明天就是五月九日，是勝利紀念日，即當初納粹德國投降的日子。到了二〇一〇年，俄羅斯人對於自己能打敗法西斯政府仍感到很不可思議。六十五年的歲月並不漫長：人們談起勝利仍彷彿才只是昨天的事。

「沃羅迪亞，除了你們六十五年前打了場勝仗以外，天下還有其他大事嗎？」

「沒了。有啦，佛州發生漏油事件：美國整條海岸都毀了。」

去巡視捕鹿的陷阱。捕鹿流程很簡單：把一片拗成五片銳利刀鋒的星狀金屬片放在一個洞口上，再用雜草蓋住。一塊鹽巴就能吸引鹿來。等鹿的腳一踏進陷阱，陷阱就會閉上。鹿頭標本在城裡可是價值連城。人類覺得自己肩負了一項重責大任：一定要把山林清空才行。

晚間：

「沃羅迪亞，你這裡有西洋棋嗎？」

「有。最燒腦的遊戲是拔河，西洋棋排第二。」

我們下了棋，我輸了，然後把莫朗的《富凱傳》讀完了。我在練習一件事：閱讀一些內容氛圍恰恰和我現在生活相反的書。所謂異國情調，就是在微風輕拂西伯利亞雪松之際，讓自己沉浸在錯綜複雜的政治陰謀、凡爾賽宮廷的繁文縟節、馬札韓主教的愛恨情仇和楊森主義的狂熱中。疑問：沃羅迪亞在路易十四的宮廷裡，或孔代親王在泰加林裡，誰能撐得比較久？「在富凱面前，連大自然也要嚇得發抖。」莫朗寫道。「彷彿大自然縮回地底，巴不得被眾人所遺忘，因為佈道者和悲劇演員一再告誡它，不准動人類半根汗毛。」我之所以住進小木屋，就是為了忘掉佈道者和悲劇演員所嘮叨的那些事。

五月九日

莫朗在第二章說：「展開自己一生的方式有三種：先享樂，正經的事之後再說；或一開始先拚命工作，等接近尾聲了再報仇；又或是同時正面迎戰享樂和辛勞。」小木屋，就是第三種方式的場所。

早上八點，一頭三百公斤的野熊來耶羅辛森林內小空地南側的沙坡上遊蕩。為了誘引野生動物上門，沃羅迪亞用好幾個桶子裝滿了海豹脂肪。他碎碎唸：「唉，要是牠再往北五百公尺出現就好了，那裡已經不在保護區範圍，就能直接開槍打死牠了。」我心中頓時浮現一股很深的絕望，真該一出生就削掉我們大腦一小塊新皮質才對，這樣就能削去我們毀滅世界的欲望。人類是個任性的孩子，以為地球是他的臥房、各種動物是他的玩具、樹木是他的撥浪鼓。

昨天的教訓起了作用，愛卡和貝可窩在我腿間，不再去招惹那些大狗。我們回到小農舍的圍欄內，我的兩隻寶貝小狗冤家路窄遇上了沃羅迪亞那幫狂吠的大狗。我趕緊衝到狗群中，踹開毛茸茸的大狗以保護我的小狗，沃羅迪亞則在呼聲震天的狗叫聲中，扯著喉嚨對我大吼，叫我「他媽的讓牠們自己解決」。就在這時候，昨晚和愛卡變成好朋友的黑貓趕來搭救，僅僅揮了幾爪就擊潰了那幫大狗。我立刻頒發勳章給黑貓，封牠為「保衛個人保鏢功績彪炳之北雪松林皇家護衛隊」，然後在親吻了依莉娜清涼的臉頰，並被沃羅迪亞孔武有力的勾肩搭背弄得快氣胸之後，我便往回家的方向啟程了。

回程途中，遇到一頭海豹。牠在一道溝縫旁曬太陽，這樣萬一遇到緊急狀況，就能馬上往溝縫裡跳。我躲在一排突起的浮冰後，在冰層上躡手躡腳逼進。莫非被牠聽到了我的腳步聲？還是愛卡的黑色身影在象牙白色的冰面上太顯眼了？距離剩下兩百公尺時，海豹忽然消失了。

空氣變暖了，我鍋爐的裊裊白煙在空中勾勒出不間斷的陣陣霧氣，就像夜裡香菸的煙霧一樣讓人安心。

五月十日

今天早上，黎明再度信守承諾：太陽準時現身了，天空又變成輕歌劇院的天花板。我往湖畔出發，去擁抱擺脫了積雪的高山。只剩下山峰和山谷底仍是白色的。在湖面上，我想從一道裂縫的邊緣一躍而過，這邊緣卻瞬間斷裂。我低估了距離，結果跌進水裡。重點是別跌到冰層以下就沒關係。回程的路上頗有涼意。湖上裂縫一如冰河上的冰隙一樣，太過自信的人，會獲得它們送上的死亡之吻。

下午，我登上瀑布。樹下的積雪仍沾黏在踏雪板上，此時的矮松，比任何時候都更阻礙通行。需要靠踩在碎石地上施力，才有辦法前進。兩隻狗的攀岩技巧進步很多。在通往瀑布那道裂縫的邊緣，春天正準備登基。一些嬌嫩的幼小勢力正探出頭來，一些毛茸茸的銀蓮花在陽光下顫抖著，雪塊間的綠草發了芽。我以前的一條足跡在一處雪地上殘留至今，有一頭熊順著我這足跡走了一段路，隨後往小溪的方向下去了。螞蟻如溪水般流淌在牠們的針葉城邦上，簡直讓人以為牠們要去一座（稍稍風化的）前哥倫布時期金字塔下參加太陽崇拜的神祕儀式。湍流被釋放出來，它在山谷口消失在冰層下。整座山正在融化。山腰上出現一條條活潑小溪，像小女孩般急著去和湖交會。一些檉木嫩芽從毬果鱗片冒出來，一叢叢杜鵑萌生零星的紫色花朵，富含蠟質的葉子散發出一股宛如地板打蠟的氣味。害羞的大自然正在預告它未來的稱霸。

有兩股背道而馳的力量在醞釀著萬物的重生：一個是原本埋藏在地底的東西冒了出來，一個則是蓄積在高處的東西傾洩下來。

傾洩而下的是：山頂流下來的雪水、沖刷山腰的湍流、蟻窩裡密密麻麻的螞蟻、松樹皮上溢出的珠狀樹汁、由上而下往地面延長的冰柱、離開山上高原前往湖濱覓食的熊和鹿。

冒出來的是：地底下數以億計的新生蟲卵、枝莖、枝莖上的花朵、於冬季棲息湖底後重返水面的魚群。

而我呢，今晚呀，我將安安分分在我小木屋裡悠哉抽菸，待在這崩洩和浮現的交會點……

山上的瀑布仍是結冰狀態，但它重獲自由的日子已經近了，剩不到幾天了。

夜裡，我一小時內就抓到三條紅點鮭魚。奇怪的是，這湖從來不會多給我魚，彷彿湖已因應我的需求配給好額度。這當中有一道神祕機制，能預防人的貪性。在史前時代，大概曾有人釣到太多魚，結果根本吃不完。他是不知節制和現今濫捕濫伐的先祖。我漁獲不佳的另一種——也比較合理的——解釋是，我的捕魚技術太差了。

今天，看到一隻海鷗，還在北雪松林岬最外端看到一隻母黑琴雞。我目光是無意間落在牠身上的，不然，我可能會僅以幾公分的距離擦身而過仍渾然不覺。

向晚在布里亞特的山稜上放置了粉紅色和粉藍色不等的光暈。那些山呢？簡直讓人想咬一口。

冰雪的來日不多了。在我的汲水洞旁，我又鑿了一個直徑一公尺的洞口，半個小時就鑿通了，感覺像在鑿白糖。在煤油燈的照明下，我跳進這個新洞口，整個人泡在裡面。元月主顯節時，俄羅斯人都是這麼為自己的心靈祈福。攝氏兩到三度的水溫會咬住人的腿，接著又掐住身體。雪茄能帶給人溫暖的假象。心臟對於這樣的款待似乎受寵若驚。人的腦袋是一種貴族式的指揮總部，只會頤指氣使叫身體去做粗活。大腦灰質舒舒服服泡在脊髓液裡，身軀卻忙得人仰馬翻。

我連忙從洞口出來，因為忽然心生幻覺，彷彿看到有巨無霸鯰魚在水裡游來游去，還有「epischura」小蝦子在尋找打牙祭的東西。貝加爾湖之所以這麼乾淨，是因為湖裡有很多禿鷹和吸血鬼。

五月十一日

我絲毫不懷念以前生活中任何事物。這個堅定的想法，就在我抹蜂蜜到薄餅上時閃過了我的腦海。真的什麼也不懷念，既不懷念我的財產物品，也不懷念我的親朋好友。這個想法有點令人不安。人是否能這麼輕易就拋開人生三十八年以來所養成的種種習慣呢？如果抱定主意，決定在生活中什麼也不想擁有，那麼人其實便什麼也不匱乏。

我用望遠鏡發現兩公里外有一隻海豹。我繞了很長的遠路慢慢接近，還刻意讓自己保持背光。牠和我之間有一道五公尺的裂縫相隔，裂縫上漂著幾塊鬆脫的浮冰，正好充當浮橋。我小心翼翼地從一塊浮冰跳到另一塊浮冰。來到距離海豹剩一百公尺時，牠忽然不見了，牠噗通一聲被牠的洞口吞掉了。

晚間，兩隻小狗花了兩個小時追逐一隻白鶺鴒，這隻白鶺鴒的耐心實在令人欽佩。後來牠們又爭搶一隻鹿腳。

五月十二日

在北雪松林的一天：

清晨六點凝望天際。點火（並對火甜言蜜語一番），然後去汲水。注意到溫度計顯示攝氏零下兩度。吃薄餅配熱茶。隔著茶的蒸氣凝望貝加爾湖。再次凝望貝加爾湖，但這次隔的是今天第一根小雪茄的煙霧。一面吃著依莉娜的莓果，一面把《我答應》閱讀完畢。巡視小木屋四周彼此相隔三百公尺的四座螞蟻窩，並監督其補強結構的工程進度。用望遠鏡尋找正在曬太陽的海豹的黑點身影。以煤油燈為繪畫題材，努力呈現出其玻璃的透明感。修復前天健行時受損的刀鞘。砍柴。拿鯰魚肉醬餵兩隻狗。傍晚煮穀物粥。到最近的釣魚洞，用四十分鐘抓兩條魚配粥吃。想著我的心上人，也就是這世上即使她在我身旁我也仍思念著她的那個人；想著要是當初她願意和我一起來這裡，這天會是什麼模樣。努力別去想其他導致她不屑來這裡的原因；不過因為沒辦法不去想那些原因，只好緩緩灌醉自己。慶幸天色變暗了，就不必看到我這副醜惡的嘴臉。

五月十三日

下雨了，很冷，雪松的枝葉如上了漆般滴著水。美麗的事物永遠無法拯救世界，頂多只能在人類互相殘殺時，充當美麗的布景。

一股灰色的寂靜降臨在湖面。這無精打采的一日在醞釀些什麼呢？醞釀冬天的反撲？不可能，春天已占了上風。四季的美好就在於各季都禮貌地各司其職，沒有誰戀棧。五點左右，終於有事情發生了：撥雲見日。蔚藍的天空溶解雲團，灰濛濛的雲團解體了，圍巾般的霧氣纏上了泰加林的脖子。快，來一杯吧！讓伏特加幫我更仔細捕捉住這些微妙的變化呀！啊，但願手邊有葡萄酒就好了……凱托瓦雅伏特加也能勉強湊合啦。喝到了一口飲盡的第五杯，我終於明白雲團**裡面**發生了什麼事。

五月十四日

時間時間時間時間時間時間時間時間時間。

咦？

它過去了！

五月十五日

如果認定拍照留念是一種必要，那無異是扼殺了當下的震撼度。我在窗前待了一個鐘頭，而黎明所製造出的鐘頭不計其數。

小木屋是我和時間簽署停戰協定的火車車廂；我們言歸於好了。讓時間自由通過，是我應盡的最基本禮貌。從一扇窗到另一扇窗之間、從一杯酒到另一杯酒之間、在一本書的不同頁面之間、在閉合的眼皮下，最重要的是自己退居一旁，把路讓給它。

白鶺鴒在屋頂的東北角築巢了。兩隻狗懶得再跟牠們爭高下。我坐在桌前，望著冰霜死去。冰層體無完膚，冰上處處被水入侵，表面上隨處可見黑色區塊。這湖痛苦不堪，卻不知有人類在它病床邊陪伴。我是照護軍團的一員。

一日劃分成許多小節，節奏各自構成一篇樂章。鳥兒於八點到來，陽光光束於九點三十分拂過帆布，兩隻小狗於傍晚嬉戲，下午三、四點左右海豹出現，月亮的倒影映在水桶裡：整個機制很完美。這些微不足道的約定時間，在山林生活中可是天大的大事。我等待著它們，我盼望著它們。它們到來時，我能認出它們，並向它們致意。它們向我印證了詩詞的韻律。古希臘人也會密切關注環境中這類變化：忽然間，有事物騷動了起來，天神顯靈了。人在一道光線出現時愣住了：這愣住，究竟是老糊塗還是深富智慧？幸福成了一件簡單的事，即等待一件已知的事自行到來。時間自己擔起這些事件的絕佳召集統籌者。在城市裡，情況恰恰相反，人們要求時時刻刻都要有源源不絕且出乎意料的新鮮事。新鮮事的炫目煙火必須隨時打斷時間的流轉，並以它們轉瞬即逝的火花照亮夜空；在小木屋裡，生活步調比較像節拍器，而不像孟加拉煙火。

周而復始的事情永遠能讓狗樂在其中。那件事一旦初露端倪，狗就已經迫不及待了。就讓意料之外的事到來吧，就讓不速之客現身吧。狗會吠叫、狂吼、攻擊。敵人，就是新鮮事。

有時候，啟發來自內心深處。這時已不再是見到世間徵兆時的那種驚愣，是一種內心的衝動、一道泉湧乍現的靈感、一股風行電掣的欲望。於是，人覺得自己宛如一個被附身的場域，神與魔在此交戰。

下午再度降雨。烏雲從西方飄來，停滯在湖面上空。在俄羅斯平原那頭，溼氣似乎取之不竭、用之不盡。一些烏鴉低空掠過，發出長嘯，雨水滴滴答答打在屋壁上，泰加林貌若暫停行軍的軍團。大自然正在經歷一段憂鬱低潮。

以我來說，我是受困在我這木頭棺材裡，夜晚的時間最是可怕。幽魂和悔恨趁光線幽暗之際溜進我心中。它們於傍晚七點光線轉暗時展開攻擊行動。要用伏特加把它們擊退。檢視目前庫存量：我有二十二公升的凱托瓦雅伏特加和三公升的胡椒伏特加，以及十二根帕特加斯和五盒小雪茄（每盒有二十根）。這樣足夠和心魔奮戰好幾個月了。

如果夠勇敢的話，應該要正視我的人生、我這個時代和其他事。懷舊、憂鬱、幻夢，會使多愁善感的浪漫心靈誤以為這是一場高尚的潛逃。它們號稱是對抗醜惡的唯美反抗途徑，但其實只是懦弱的遮羞布而已。我是什麼人呢？只是一介懦夫，被這世界嚇壞了，於是跑來躲在深山裡的小木屋；只是個膽小鬼，默默用酒精麻醉自己，就不必擔心會看到這世間的景象，也不怕會撞見良知在湖畔焦慮地踱著步。

五月十六日

天空終於放晴。我採取俄羅斯式的行動——我已經在窗前懶洋洋窩三、四天了——一躍而起，一個箭步來到外頭，兩隻狗跟在腳邊。我揹著包包，包包裡裝了三天份的食糧。俄羅斯人就是這樣行事的：一連無精打采好幾天，再穿插充滿行動力的放鬆休閒活動。湖面冰層還挺得住。我抄小徑從中雪松林岬截過去，目標是登上由此匯出的山谷。我在溝縫間跳來跳去時，都盡量多跳遠一點，因為溝緣冰層的厚度愈來愈薄了。下了一陣傾盆大雨，我到一座元老級的森林裡躲雨，這座森林覆蓋的肥沃三角洲，已由我打算溯流的這條溪水灌溉了上百萬年。我陷入苔蘚裡。緞帶般的地衣披覆著樹下的區域。這座森林堪稱華特・史考特式的沼澤和失落世界裡的樹林。太陽露臉，在水氣中投射下一道道光束。樺樹群排列出象牙色的殿堂。杜鵑散發出非常乾淨的老太太氣味，空氣中夾雜著被熊劃開的樹根的腐臭味。森林正吐出它口中的各種氣味。兩隻狗被這麼多種氣味弄得不知所措，都不知該往哪裡撒尿了。潘朵拉的盒子微微打開了，各種味道四溢出來。西伯利亞泰加林是一座冰冷的叢林。倘若精靈界女王帶著她的眾朝臣，用手撥開地衣簾幔突然在我面前現身，我也不會感到意外。

在一排出奇整齊的柳樹後面，我發現了一條被灌木重新占領的渠道。原來二十年前，有一條小徑從這裡的地理觀測站連通到湖邊。地圖上這座位於海拔七百公尺的觀測站依然佇立原地，樹林間有四間坍塌的農舍和兩個生鏽的鐵皮屋。北側，有一條雙口山谷，兩條最深谷底線的中間隔著一塊石脊。我自找苦吃，踏入一片長滿矮松的石子地。枝幹盤長在石塊上，形成一堵有彈性卻無法跨越的牆。我回到山谷裡，穿上踏雪板後，登到岩石山脊基部。到了一千公尺高度左右，有一片谷肩似乎很適合露營。忽然下起一陣大雷雨。天上所有的水都傾倒在我們這座頁岩和花崗岩的露臺上。閃電把愛卡和貝可嚇壞了。我把冰鎬和釘鞋藏在一百公尺的下方。兩隻狗蜷縮在一棵樺樹下。我實在很欣賞這兩個小傢伙呀，牠們既沒帶糧食，也沒事先規畫回程路線，卻仍開開心心出發上山了。

我砍了一些矮松枝葉鋪在營地，接著花了整整三個鐘頭試圖以泡了水的木柴生火。撕下幾頁《哈莫的侄兒》後，終於把火生了起來。狄德羅式的星火燎原，已經不是頭一遭了。一絲貧弱的火花，從一小堆樹皮屑中冉冉升起，這樹皮是我用自己皮膚擦乾的。這火呀，是一頭被大雷雨淋傷的可憐野獸，我一根細枝一根細枝地讓它慢慢壯大。火焰搖曳飄搖，我心情好比電擊心臟的急救員。火熊熊燒起來，成功了。我吹氣吹得頭昏眼花，終於喜獲烈火。兩隻狗來火光前取暖。我在搭帳篷的時候，又降下一波大雨。我撤退到尚未搭好的帆布帳篷裡。冰雹在閃電瞬間，點亮成千萬顆鑽石。帳篷彎曲了，沒倒，但淹水了。暴風雨繼續在山上和在我這尼龍牆壁上肆虐的同時，我得知了狄德羅每天晚上喜歡到燈光柔和的巴黎皇家宮殿休息。風勢趨緩，雨過天青，星星又回來了，兩隻狗噴著鼻息，一陣徐風試著吹乾帳篷，最叫人高興的是，餘焰挺了過來。我把火重新生好，並準備就寢，嚇阻野熊用的信號槍就擺在枕邊，以免有不速之客上門。窩在一起睡覺的愛卡和貝可，在西伯利亞的夜裡，勾勒出陰與陽的符號。

五月十七日

太陽已高掛空中。兩隻小狗迎接我起床。牠們一定是餓了，但我只剩下一點麵包。如果牠們能自己回去小木屋就再好也不過，但牠們才不會回去，只會繼續守在我腳邊。狗把我們當成牠們的神和母親，也就是說，把我們當成牠們的主人。我捲鋪蓋走人，沿著山脊爬了五個小時。每當斷溝擋住去路，兩隻狗就可憐哀嚎。這時，愛卡會找出一條出路，然後為她那動作較不俐落的弟弟引路。這條路線往上攀升，到達一千六百公尺的高度，我來到變硬的積雪層。愛卡和貝可坐在一個大石塊上，遠眺著貝加爾湖。

到了山頂，即兩千一百公尺的高度，溫度只能用一個冷字形容。東側，這個自然保護區的核心地帶映入眼簾。一越過山頭，原本順著貝加爾湖畔地形而行的山脈立刻往下沉。整個視野往北縮收，與湖岸平行。貝加爾湖成了一顆鑲在座子上的寶石。東側，許多小山谷穿梭在短葉松林裡，配上斑點般的湖泊和條紋般的溪流。這片泰加林所處的氣候，比湖邊氣候嚴峻得多。亞洲的伐木公司很覬覦這些處女林地。中國人巴不得能擁有這些原木資源和水資源，讓這裡充當他們的第二個滿州——畢竟第一個已經被他們吞噬殆盡了。在人類史上，從來沒有哪個杳無人煙又資源豐富的空間，能在一個人口眾多的族群旁撐很久。歷史也符合水力原則。如果說中國和西伯利亞是兩個互相連通的容器，那麼蒙古即扮演中間閥門的角色。如果這片泰加林成為一場管制戰爭的戰場，那麼我所在的山峰，將是個絕佳的牽制開關。中國人的優勢是人數和飢餓，俄羅斯人的優勢則是粗獷和對一切可能會威脅到「mat rodina」——即祖國——的事物予以仇視。兩隻小狗臉埋在厚毛裡，睡得很甜。

我們順著最北側的縱谷下山。到了半山腰，山壁變得陡峭，一處斜度達四十五度的崩塌山坡，迫使我不得不在雪地裡鑿出一些階梯。兩隻狗無法通過，只能哀嚎。後來愛卡往山坡縱身一跳，牠相信我會接住牠。我確實接住了牠，也一併攔住貝可，沒讓牠往下滑。愛卡想出的這個辦法很好，我們順利抵達山腳。到了山谷底部，我回到我昨天留下足跡的地方。有一條野熊足跡與我的足跡交錯。這頭熊不久前才經過這裡，牠的腳印仍深，而且似乎對我的足跡一點興趣也沒有。來到森林外圍，溪流變得湍急。原本覆蓋溪面的雪舌到此為止，取而代之的是它噴吐出的清水。我生了火把自己烤乾，然後在美妙的陽光下睡覺。

順著以前地理人員留下的小徑，回到湖邊。太陽和雲朵在下西洋棋；它們在大理石般的棋盤上移動各自的棋子——一片片白和黑的色塊交互移動著，宛如一支支騎兵隊。

五月十八日

中午，我離開小木屋，前往「白谷」的上游。「白谷」是一座彎成肘狀的背斜谷，長滿落葉松，於我家往北一公里處，把高山一分為二。碎石地形如布料縐褶自岩頂淌流而下，從岩脊頂端，用肉眼就能看出春天造成的破壞。貝加爾湖受了重創。

如果想登上矗立在小木屋上方的山峰，只要順著這山脊走就行了。在足以比擬黎巴嫩陽光的豔陽下，我行經海西期花崗岩小鐘樓和哨站，它們已腐爛到骨子裡了。山坡上未能被矮松攔住的石塊，被我踩得鬆脫滾落，我很怕因此壓到小狗們。到了傍晚，走完穿插著積雪通道的最終五百公尺路之後，我終於來到兩千公尺高的山頂，眼前是貝加爾山脈的小拱廊，再往北一百公尺的上方即矗立著切爾斯基山。多條山脊朝各方呈輻射狀散開。積雪已融化區域，而今由一層苔蘚所覆蓋，這種苔蘚，麋鹿非常喜歡。在略往下方的狹窄小山口處，幾天前曾有一頭熊經過。

就在這山頭上，站著別動。這些高山呀，我真喜歡。它們淡定屹立著，以既有的模樣存在於世上，即已足夠。黑格爾的「如是」（So ist），是人在面對不可估量之事物時，所說過最有智慧的一句話了。我喜歡這種概念：花點力氣登上山頭，去看看自己平常活動範圍的另一頭有些什麼。貝加爾湖是個封閉的湖泊，有自己特有的物種，和自己特殊的氣候。生活在湖畔四周的居民，就像小鎮中心廣場四周的鎮民一樣。他們當中大多數從不曾登上城樓，看看城外到底是什麼模樣；就算從來不出城，還是活得好好的。而他們自然也是可以下定決心，去一探究竟。

由伊凡諾將軍所率領的哈薩克騎兵從西方而來，某天帶著槍枝和匕首來到這些山巔上。他們從山脊往下看，一眼就看到距離四、五小時步行路程外的貝加爾湖，他們想必遠自葉尼塞河就從泰加林的部落居民口中，聽說了這座遼闊如汪洋的大湖……

我循著一些疲弱的山坡和地基不穩的廊道，抵達一處不錯的山肩。這裡海拔一千六百公尺，長滿矮松，我在這裡度過極為美妙的一夜，有兩隻狗、貝加爾湖、山峰和星星相伴。星星的亮光誠可媲美恆星。

五月十九日

回程超快：我們從通道滑行，一路滑到「白谷」最開頭的幾棵樹。風從北方吹來，兩隻狗被吹得很興奮。一場風雨正在醞釀。雨勢爆發時，我人正躺在吊床上，嘴裡叼著雪茄，手上捧讀著紀沃諾的《世界之歌》。短短幾秒鐘內，風雨就從山上移下來了，強風猛力啃咬掀開湖面冰層，不出十分鐘，冬季的努力毀於一旦，世界重新洗牌。春天的瞬息萬變，應該會讓普魯士將軍們看得目瞪口呆。碰巧春之祭還是出自一名俄羅斯人之手。

冰層崩解，流水重獲自由。水在浮冰板塊間鑿出航道，或把浮冰淹沒。雨水找不到通往陸地的路線。一道道水流隨風飛旋，回歸天際。雪松驚慌失措，發出驚駭的警訊。愛卡和貝可躲在遮雨棚的臺階下。流水的破口劃過漆黑冰面，散碎的浮冰潰不成軍。狂風用嘲笑讓水變得模糊。一道彩虹於岬角誕生，跨足湖面中央。彩虹下方，框入一團聚向北方的烏雲。就在天空變得陰霾之際，雷電大作。僅有一道陽光，染紅了布里亞特山頭，宛如一條細線，支撐整個墨黑色天花板的底座。就在剛才這十分鐘，我親眼目睹了冬天的死亡。

暴風雨繼續往南方肆虐，貝加爾湖慢慢恢復元氣。空氣變得清新，天空變得光滑如綢緞，重獲自由的波浪，把窮途末路的冰塊掀到半空中。原本的冰面，稍微一碰就碎裂瓦解，那巨響猶如撕扯粗布的聲音。冰層崩解讓貝加爾湖的脈動獲得釋放。我在一個浮冰板塊上放了張板凳，整個晚上都讓自己緩緩隨波逐流。流水又回來了！流水又回來了！一切將從此不同。

五月二十日

流水重獲自由的第一個早晨，白鶺鴒展開一場故弄玄虛的把戲：牠們於覆蓋流水面上厚度僅一公釐的隱形薄冰上跳躍。中午，下起滂沱大雨，雨聲如鼓聲般拍打著土壤，讓人震耳欲聾。大地正在喝個不醉不歸。幾條河流幾乎快碰到貝加爾湖了，僅剩一排冰霜綴褶，在水流和湖畔間作梗。再過幾年、再過幾個世紀，我所飲用的這些水將被極圈海域的水給淹沒。一想到一片雪花是如何從山巔一路來到湖裡，又是如何從湖裡經由溪川流進大海，就覺得自己的旅程實在望塵莫及。

我替愛卡摘掉牠身上兩隻正在吸血的扁蝨。生命是納稅制，最終都是植物在替大家償繳呀！

五月二十一日

碎裂的浮冰在接下來一個月中，將隨風和水流四處漂流。大塊大塊的浮冰會先來後到，有可能我的湖灣某天又堵塞起來。今天早上，湖面是一片液態平原，黑色布面上沒有一丁點冰霜。我和兩隻狗往雷德納雅河出發，想去看看能不能釣到魚。雷德納雅河位在我的小木屋和沃羅迪亞的小木屋中間。

在湖畔上，最近這幾天發生的事讓生機重獲自由。白天有一大堆飛蠅。我如今在暖呼呼的石子地上睡午覺。邊坡上，一叢叢銀蓮花從沙地上探出頭來。一些渴望戀愛和淨水的野鴨紛紛跑來空地上。牠們原本在南部享福。兩隻狗如果撲向牠們，牠們就意思意思飛起來一下。人類起初是模仿鳥類才發明出飛機；鴨子牠們呢，則是在模仿最早期的飛機。湖岸邊的起降行程川流不息。有老鷹在高空翱翔，有野雁成群巡邏，有海鷗表演俯衝，還有驚訝自己竟然還活著的蝴蝶，在空中載浮載沉。短短四十八小時就足夠讓春天政變成功。

森林裡，熊和鹿所踏出的小徑已暢通無阻。小徑與湖岸平行，就位在森林進來後數公尺處。雷德納雅河表面仍覆蓋著一長條冰層。兩隻小狗忽然大聲吠叫。上方的岩坡有一頭熊，牠正從杜鵑花叢間探頭張望。我趕緊抓住愛卡的脖子，攔住牠；貝可則躲到我腿間。這兩隻同胎出生的小狗，天生被分配到的勇氣比重，實在很不相稱。俄羅斯人對此事的態度很堅決：萬一狹路相逢，別逃走，別直視熊，別做出突然的大動作，要一面小聲說些安撫的話，一面躡手躡腳離開。問題出在靈感。該對熊說些什麼好呢？我事先毫無準備，如履薄冰後退的同時，只想到了一句話：「你這可愛的大塊頭，快滾啦！」這指令奏效了，牠一面在矮林間翻來弄去，一面遠離了。

我在河口釣到兩尾鮭魚。我們循湖畔回家，我一路上手裡都緊握著信號槍。沙灘和一塊塊湖面冰層上，處處可見熊的腳印。我並不害怕，我知道熊不會攻擊我。萬一心生害怕時，只要趕快讀一讀《魯濱遜漂流記》最末幾頁即可，笛福描述熊有多麼沉默且漠然：「熊一派悠閒地漫步著，壓根沒想打擾任何人。」

我回到小木屋，把假蠅毛鉤修理好，餵食兩隻狗，料理了我的魚，把刀子丟插到牆上，然後帶著《世界之歌》就寢。一如所有皈依自然法則的人，紀沃諾喜歡把價值觀對調：他把事物擬人化，而把人類大自然化。在他筆下，溪流有腳有腿，樵夫則有「堅石般的體格」。

五月二十二日

一條長五百公尺的流水水道沿著湖濱奔馳。風不時賞它耳光。這條水道再過去一點，結塊的碎冰在水上被西風吹得飄來蕩去。冰層板塊崩裂，同時發出砂糖般的沙沙聲，又帶有香檳般的氣味。這湖釋放出一種性感的芳香。

不論是在地下鑿的、打洞的、搞破壞的、攪拌挖掘的、有鉗子的、往下鑽的、用刨的、啄的或長鼻吸取的、用爬的、走的、飛的或寄生在其他更強者身上的、模仿別人的或自行偽裝的、夜行的、日間的或黃昏出沒的、用看的、聞的——所有生物都從沉睡中甦醒，前來見證流水獲釋，像一群老友，在出獄當天前來迎接獲釋的囚犯。雖然大睡了一場，牠們仍未忘記原有的行為和本能。昆蟲族群即將占領山林，我覺得比較不孤單了。

小木屋裡的生活，就是過著反革命式的作息。凡事優先以自我為出發點的隱居者，理念是絕不毀壞，而要保護和永續。人在這裡追尋的是內在平靜、天地合一、重修舊好；人在這裡深信周而復始的回歸。既然凡事都會過去且再回來，決裂又有何用？小木屋可有政治意義可言？在這裡生活並不能為人類社群有任何貢獻。隱居生活並不會耗費精力在和群體探討如何讓人們一同生活。意識形態，像狗一樣，只能待在隱居者的小屋門外。在深山裡，沒有馬克斯也沒有耶穌，沒有法治也沒有混亂，沒有平等也沒有不公。隱居者只在意此時此刻，又哪有心思擔心未來？

小木屋不是一個重新征服什麼的基地，而是一個敗退點。是一個用來棄捨的港灣，而不是一個用來策動革命的總部。是一個逃生門，而不是一個出發點。是一方空間，讓船長能在船難前，再喝最後一杯蘭姆酒。是讓野獸療癒傷口的洞穴，而不是牠磨利爪子的窩巢。

五月二十三日

昨夜，凌晨三點，一聽到狗叫聲，我就手握信號槍，衝到小木屋外面。一頭熊在湖邊出沒。黎明時，灰色沙地上留有牠的足跡。

流水繼續凱旋奪勝。今天早上，浮冰和我湖岸之間的水域已寬達十多公里。風把木筏般的冰層往湖畔吹。陽光照亮了碎冰，湖岸仍躲在暗影。最初的曙光射進小木屋，在地板上跳舞：沒有比這更歡樂的美景了。太陽就像兩隻小狗一樣迎接我。一整天下來，眼睛都在採收這些稻作般的畫面，夢境會再將它們烹煮慢熬。

按照齊克果在他《致死之病》中所言，人一生中會經歷三個階段：享受美感的唐璜式階段、浮士德式的懷疑階段，以及絕望的階段。應該要加上退隱山林的階段才對，因為歷經前三個階段後，退隱山林會是個合理的心得結論。

我脖子上掛了個小小的正教會十字架。我打赤膊劈柴時，它便在陽光下閃爍。在我童年的白日夢中，森林裡留著金色鬍子的魯濱遜，胸口必定有個基督十字架。我喜歡耶穌這個人，他能原諒出軌的女人，他走在路上時滿口悲觀的比喻，他狂噓有錢人，最後明知走上山丘只有死路一條，卻仍一意尋短。我覺得自己還滿契合基督精神，亦即有人因為決定崇拜一位宣揚博愛的神明，於是容許自由、理智和公義占領他們城邦的領域。但令我態度有所保留的，是基督教義，這個名詞如今僅僅指稱神職人員加油添醋後的宣教言論，是戴高帽、手搖鈴的江湖術士的斷章取義，把原本熱血的言語變成了刑法教條。耶穌基督還不如當個希臘天神好了。

五月二十四日

昨夜，我夢到自己被野熊攻擊。牠們跳到小木屋的屋頂上，像貓一樣敏捷矯健，身形像阿富汗獵犬一樣修長。還算有點恐怖啦。我懷疑是空氣中最近瀰漫的水藻氣味影響了我的夢境，使夢境染上了一層哥德式色彩。

一支鳳頭潛鴨縱隊，來到三塊齒邊冰層間的一片開放水域歇息。牠們以完美的隊形，往蒙古起飛出發；一對秋沙鴨在我的湖灣待得很愉快。我拿著望遠鏡窺望了牠們好幾個鐘頭，仔細打量牠們龐克風的冠羽；一些丑鴨朝氣蓬勃地降落在一條狹窄的水道裡。這群鴨子外表光鮮亮麗，彷彿準備去參加舞會，而當牠們振翅起飛時，看起來一副煞有介事很清楚自己要去哪裡的姿態。

每天晚上，到了八點，夕陽都有辦法溜進南側山峰間一處半月形凹口，在刺刺的絲絨上，灑出長長一道赤紅色光芒。此番美景究竟是上帝還是偶然的傑作，對我來說無關緊要。非要知道原因，才能享受結果嗎？

傍晚，我在沙灘上生起一座營火，就在營火前吃露天晚餐。飯後我和兩隻狗繼續盯著火焰燃燒，並把手放在牠們毛裡取暖，一直看到山頭上的月亮說該上床睡覺了為止。

五月二十五日

我躺在我山丘頂的吊床上，抽菸抽了好幾個鐘頭，兩隻狗就窩在我腳邊。我在巴黎的親朋好友以為我受困在冰天雪地的西伯利亞，像個神經病一樣在大風雪中、站在木砧板前嘿咻嘿咻地拚命劈柴。

貝加爾湖是一面晶瑩剔透的玻璃窗，窗框則帶有藍色的鉛條。鱗片般的碎冰往南方漂去。我躺在暖和的空氣中，看到了入春放牧的情景。每塊浮冰板塊之間流水的顏色，每個小時都在變化。兩隻麻鴨從這一道道斑駁上方飛過。牠們是否火燒屁股了，還是有什麼重大約會，竟飛得這麼急促？人怎會寧可拿槍口、而不是拿望遠鏡瞄準鳥類呢？

五月二十六日

對時光飛逝感受特別深刻且深感痛苦的人，是無法忍受待在原地不動的。讓自己保持在活動的狀態，能安撫他們的心情。空間的轉移能帶給他們時間放慢的錯覺，他們的生活像是沒來由地渾身不由自主起舞。他們就是忍不住動個不停。

另一種替代之道，就是隱居生活。

我四周的風景，怎麼也看不膩。我的雙眼認識每一處縐褶，而每天早上仍迫不及待想端詳它們，彷彿初次見面。我的目光想尋求三件事：在這幅已看過千遍的畫作中尋覓新變化、加深我記憶中的既有印象，以及再次印證搬來這裡生活是個正確決定。原地不動的生活，迫使我要練習這種最基本的觀察。要是我不逼自己這麼做，內心就會想再去別處逛逛。

美景總讓人百看不厭，這是原地不動時亙古不變的定律。再說，有什麼好不滿的呢？事物並不如表面上看起來那麼固定呀！光線會使美景起變化，讓美景蛻變；光線會自我耕耘，日日更新。

匆忙的旅者需要變化。對他們來說，一塊光影照射在一片沙地邊坡上的好戲不夠精采。適合他們的位置該是在一列火車上、或在一臺電視前，但不是在一間小木屋裡。說到底，除了伏特加、熊和風暴之外，隱居者唯一可能遇上的危險，只剩下受強烈懾人美景刺激所引起的司湯達症候群。

五月二十七日

我在一條滿是矮松、海綿般苔蘚和頁岩殘破不堪的山脊上，費了整整七小時的工夫，才登上我「白谷」上游最頂端那海拔兩千公尺高的山峰；另一頭，是我這個世界的倒影。另一邊永遠令人充滿期待。人往另一邊探看時，就像拋出一張漁網：想加深自己總有一天會去一探究竟的信心。一旦下山後，這承諾就此烙印在我們心中——有一部分目光已留在方才的山頭上了……

兩隻狗彼此緊鄰相倚，躺在山頂的石頭上，凝望眼前的景致風光。我敢打包票，牠們是在對著這景致「沉思」。海德格先生，請問你要說這兩隻小狗的「世界是貧匱的」嗎？不是的，牠們只是澈底限縮到牠們所知的範圍內，對當下這一刻賦予全然的信任，對任何的抽象玄學不屑一顧。狗的勇敢之處在於，狗會看著牠面前發生的事，而不是去納悶當初事情是否有可能以別種方式發生。我不禁想著人類費了多麼大的力氣想否認動物有任何意識。上千年來的亞里斯多德、基督教和笛卡兒思想，對我們猶如枷鎖，使我們一直深信人類和禽獸斷不可相提並論。動物沒有道德感，牠的行為毫無意向性可言，就算牠明明做出了種種利他舉止也一樣。動物並不知道自己的生命終將有結束的一天。牠僅適應自己所在的環境，無法得知整體的真相。牠終究沒有能力覺知這整個世界。牠只是個沒有想像力的貧乏意志。牠只關注即刻將發生的事，無法傳承任何事物，也沒有歷史和文化。哲學家們還宣稱從未見過哪隻猴子能從哪個自然景象中領略出任何抽象意義，或表達出任何審美評論。

然而，在深山裡，動物的精采演出令人動容。如何斷定蚊蠅在夕陽下的飛舞不具意義？我們對熊的思想了解多少？會不會小蝦如賜福般淨化著湖水，牠卻沒有任何方法能傳達給我們知道，而我們也毫無能力解讀箇中玄機？燕雀高掛枝頭迎接破曉時的雀躍，該如何估量？中午豔陽下婆娑飛舞的蝴蝶，又憑什麼難以了解牠們舞步中的強烈美感？「年輕的鳥為蛋而築巢，但牠並沒有蛋的表象；年輕的蜘蛛為狩捕獵物而織網，但牠並沒有獵物的表象⋯⋯」（叔本華於《作為意志和表象的世界》）。但叔本華呀，你又何以知道是這樣呢？你這方面的理論從何而來？你和鳥深入聊過嗎，不然怎麼能如此篤定？我的兩隻狗面向湖面，眨著眼睛。牠們正品嘗著今日的祥和平靜，牠們流的口水就是一種對上蒼的感恩。牠們深知在攀爬了許久之後，能在山頂歇息，是一種幸福。海德格掉進水裡了，叔本華也是。思想噗通一聲不見了。我很遺憾沒有任何傳承了舊派人道主義（即思想上的手淫）的哲學家身在此處，親眼目睹聽聞這兩隻五個月大的小狗在一座兩千五百萬年歷史的斷崖前說出的無聲祈禱。

再度回到湖邊。它在傍晚的平靜中嘎吱作響。冰霜告退了：可想見它在嘆息。

五月二十八日

我一整天都在閱讀德聶出版社的鳥類圖鑑，收錄「八百四十八個物種和四千幅圖畫」。

這是一本必備的枕邊書，詳述了生命的巧奪天工、演化的無盡細膩，是對各種不同形式生命的禮讚。就算是最矯揉造作的都市人，認為鳥類都是眼神瘋瘋癲癲、隨風亂飛的愚蠢機器鳥，也一定會對雉雞、雷鳥或麻鴨的大膽鮮豔羽色讚嘆不已。我試圖把天空中的每一位過客都辨識出來。用自然圖鑑辨識動物或植物，就像用名人雜誌在街上認出大明星一樣。尖叫聲不是「哇！那是瑪丹娜耶！」，而是「天呀，那是一隻灰鶴耶！」

五月二十九日

我出門總會隨身帶著信號槍，免得在森林裡和熊狹路相逢。一出家門，就是原始世界的起點。我家呀，並沒有緩衝地帶——院子。當然，兩者間仍有隔離：是一塊木板，是文明世界和危險森林之間一道聊勝於無的關口。麋鹿、山貓和熊在小木屋旁閒逛，兩隻狗睡在門後面，飛蠅在遮雨棚下嗡嗡叫。不同國度交相重疊。小木屋是人類在一片伊甸園式地帶的一座求生小島，而非開墾先鋒用來開疆拓土的前哨站。以前在征服西伯利亞時，沙皇的哈薩克勇士會建造一些壁壘森嚴的軍營。他們在一座教堂、一座兵器庫房和一些建築外圍築起一圈削得尖尖的松木樁圍牆，並將這種崗哨站稱作「歐斯拓格」（ostrog）。這個小型堡壘能抵禦外界侵犯，但外界其實巴不得他們別出來。畢竟他們之所以來到這裡，就是希望改造泰加林。過隱居生活時，森林只是人的棲身處。窗戶是用來迎接自己內心的大自然，而不是用來抵禦它。人用心端詳它、從中擷取自己所需的部分，但不會有想征服它的念頭。小木屋能讓人維持一種姿態，但不會賦予人任何地位。人扮演隱居者的角色，但不會宣稱自己是先鋒。

隱居者接受自己不再對世間前進的步伐有任何貢獻，不再於因果中產生任何作用。他的思想將不再形塑世事的走向，不再影響任何人；他的行為舉止將不具任何意義。（也許偶爾還有人會回憶起他。）這種想法，讓人想來就輕鬆呀！而且它很能預告最終的脫離：人總是於世間置自己於死地後，才深刻感覺到自己活力充沛呀！

赤褐色的月亮爬到夜空上。它在碎浮冰上的映影，是受創聖壇上的一滴血紅聖體。

五月三十日

今天，我在樺樹樹幹上寫了一段話：「樺樹呀，請為我傳遞訊息：請去告訴天空，我向它致意。」原子筆頭寫在樹皮上的感覺，就像寫在仿羊皮紙上一樣滑順愉快。有些勞改營囚犯曾把自己的回憶記錄在這些樹皮上。接著我打了一會兒水漂，又用一塊舊木板鍛鍊自己擲飛刀的功夫。

畢竟，人時間一多，就是這個樣子。

五月三十一日

一千五百公尺高的山腰，一路延伸至湖底。我的小木屋位在一個細小的坡口上，恰恰就在這條長達三公里路線的中間點。我的生活在一個平面和一道溝壑之間保持平衡。

溪流的水終於鑿穿了湖岸的成排結冰。接合處開通了，水流一路奔騰至貝加爾湖。水流聲響就像準備去參加派對般朝氣蓬勃地喧騰著。溪水在森林中如大刀般劃出一道道深痕。

一對歐絨鴨降落在岬角前的水面上，兩片漂移的浮冰板塊就快要夾撞上牠們了，牠們立即飛往另一片開闊的水域。這畫面頗有流放的寓意。

有時我將目光停留在一片空曠水面，忽然兩隻鴨子飛來降落在水面上，彷彿某種預感突然如願以償。就像眼睛忽然在一本書上讀到內心盼望已久卻遲遲無法具體描繪的一句話。

首批天牛現身了。牠們在林中空地裡沉甸甸地飛舞，並撲到劈柴用的木砧板上頭。我對這種昆蟲有一份特殊的情感。牠們長長的黑色觸角往身後彎，輕貼著黑得發亮的軀殼。牠們在松樹樹皮上笨拙地奔跑著。「你要愛人如己。」真正的愛，不就是要愛與我們迥然不同的萬物嗎？不只是愛哺乳類或鳥類而已，牠們與我們人類仍太過相近，而是要愛昆蟲、愛草履蟲。人道主義中有一絲「保護自己人」的味道，迫使我們去愛與我們相似的物種。人類不得不愛自己的人類同胞，就像牙醫不得不愛其他的牙醫同業一樣。在森林裡，我把這主張顛倒過來，對於與我在生理結構上愈疏遠的動物，我就試著愛牠們愈深。愛就是認知到我們所永遠無法知曉的事物是有價值的；而不是只從一張與自己相似的臉孔中，陶醉於自己的映影。愛一個老爺爺、一個小孩子或自己的鄰居，都太輕而易舉了；但愛一塊海綿可就不簡單囉！又或是愛一片苔蘚！或愛一株飽受風吹雨打的小植物！這才是最難的——對於努力建造自己城邦的螞蟻，心生無限疼愛。

下午短暫去了中雪松林岬一趟，觀看棲息在內陸池塘裡的野雁。回程中，我發現我的足跡旁有熊剛留下的新鮮腳印；來程時，還不見這些熊的足跡。兩隻狗並沒有特殊的反應。我再度去那個異議分子的小木屋廢墟繞了一圈。如果人抗拒自己的時間，仍非隱居山林不可嗎？在自己的內心小天地裡，一樣可以覓得寧靜。

人也可閉上雙眼——眼皮是自己與世界之間最有效的屏幕。

扎伐霍特諾的V.E.常和我聊起從前住在這裡的異議分子，從他描述聽來，那是個不錯的傢伙。一想到這個美好的靈魂曾在這塊美麗荒野中討生活，眼前的小木屋就讓我心生好感。我想像著這可憐的傢伙為了料理鮪魚去摘採野韭蔥，對鳥兒們閒話家常，把魚的廚餘留在湖畔讓狐狸享用。只有我家鄉巴黎的知識分子，才會對人渣深深著迷，並把不法之徒當成英雄。這便是法爾蘭．沙拉莫夫在他《論犯罪世界》中舉出的錯誤：「……所有作家似乎都傾心傾力去滿足一種出乎意料的要求，即把犯罪浪漫化。如此爭先恐後地把流氓惡徒描寫得詩情畫意……」不法之徒並不是威風英勇的狼；庇護過他們的小木屋也絕不會散發出溫暖的磁場。

在山腳累積的高壓，使我接下來整天都昏昏沉沉。我躺在搖曳的吊床上，度過了單調乏味的幾個小時。

我連閱讀的力氣也沒有。我在一棵雪松樹下打瞌睡，一場暴雨把我趕回小木屋。外頭天空風雨大作之際，眼前一杯冒煙熱茶的景象，頓時讓我在內心油然生起一股無比的安全感。西側正雷雨交加。世上之所以有下雨這種事，是為了讓人在屋頂下感到幸福。兩隻狗守在遮雨棚下。菸和伏特加，是退隱時光的最佳夥伴。可憐的人、孤獨的人，他們就只剩這些東西了；而養生人士居然還想禁止這些好東西！就為了讓我們到死都還健健康康的嗎？

雨過天晴，森林裡的空氣擺脫了溼氣。我用望遠鏡看到兩、三百公尺處的南側湖岸上，有一頭站起來的熊。牠一直待在原地不動。之後我發現，傍晚的空氣使岩石彷彿會顫動。讓我興奮不已的畫面其實是錯覺。

晚間我做了麵包。我花了很長的時間揉麵團。獨居者的手，摸不到比這更柔嫩的觸感了。可以體會為什麼言語或文字會利用麵團和肉體，來表達人與人之間的關係。女性麵包師傅是催情的角色，她們讓人聯想到一股健康、浪漫又豐腴的情慾。我一面吃著我的麵包，一面強迫自己別再想女性麵包師傅，因為我還得在這個小地方住上兩個月。

六月

眼淚

六月一日

我坐在沙灘上的桌子前方，觀看野雁和野鴨的空中飛行表演，就像花式溜冰賽上隨時準備舉分數牌的評審一樣。

這是個讓人鍾愛的地形。比起鋪滿油亮胴體、烤肉架似的沙灘，我更喜歡人們裹著厚羊毛衣凍得渾身發抖的礫石水岸。貝加爾湖岸屬於後者。

堆疊一起的浮冰宛如塞子，堵塞住湖灣好幾天了，如今已被風雨吹散。整個夜裡，狂風蹂躪著無辜的小木屋。

六月二日

禪宗僧人稱早上賴床為「睡夢中的遺忘」。遺忘讓我睡到中午才起床。

我把我的藍色帆布獨木舟組裝起來。我技術不佳，組裝的速度很慢。說明書上說兩個小時內就能組裝完畢，我耗了五個小時。傍晚好不容易把小船推下水時，真是得意。用槳划了幾下之後，我終於又奪回冰融曾從我身上剝奪的樂趣：用目光擁抱整座山巒。山巒變得翠綠，落葉松又披上了外衣。湖水深達愛卡和貝可胸口，牠們驚慌失措，不知道該怎麼跟上我，只能尖聲哀嚎。愛卡隨即發現，我最後仍會回到陸地上，只要順著我划船的方向，沿著湖畔跟著走就行了。

「千萬別離開湖岸超過一百公尺。」上星期，耶羅辛的沃羅迪亞才這麼對我耳提面命。湖水極為冰冷，萬一掉進水裡，可是會要人命的。沒人能在攝氏三度的水裡待上多久，以前就曾眼睜睜看過漁民在聽得見彼此說話的距離內，就這麼沉入水底。然而朱爾．凡爾納在《米榭．史托戈夫》中，卻傳頌著貝加爾湖的傳奇：「從來沒有任何俄羅斯人在這湖裡淹死過。」

這世上有水，這世上也有風。它們是叛徒。誕生於山上的「撒瑪風」，短短幾分鐘內就甦醒過來，掀起高達三公尺的浪頭。小船都被吹到岸邊且翻覆了。被人類取走的魚，貝加爾湖決定用人命來償還。死亡是一種償債。沃羅迪亞五年前在一次船難中失去了兒子。我最近才得知這件事，也明白了為什麼他總盯著潔淨明亮的窗外看，常常一看就是好幾個鐘頭。有時候，人凝視著風景時，想著的是曾經在這片風景裡歡笑的故人。對逝者的追憶，會滲入環境氛圍裡。

我回到岸上時，兩隻狗開心得流口水。飛鳥縱隊劃過天際。倒影讓人得以有第二次機會觀看這壯麗美景。

六月三日

里爾克於一九〇三年二月十七日寫給年輕詩人卡布斯的信中說：「如果你的日常生活讓你覺得貧瘠，請別責怪它。要怪你自己不夠有詩意，沒辦法召喚出它的豐富。」還有約翰・巴勒斯，他在《觀看事物之道》中說：「我們用什麼語調對世界說話，世界就用什麼語調對我們說話。給出美好的人，也會獲得美好。」我們的人生如果愁雲慘霧，我們要負全部責任。世界之所以灰暗，全因我們自己灰暗。人生顯得黯淡無光嗎？請更換一種生活，搬去小木屋住吧。到了深山裡，如果世界仍了無生趣，如果周遭仍令人難以忍受，那事實就擺在眼前了：你是受不了你自己呀！那就再想想辦法吧。

我在林中空地，花了一個鐘頭鋸一棵枯死落葉松的樹幹。木頭本身完好，年輪紋路仍十分清晰。陽光照在原木上，使它顯得秀色可餐。有些美景是人類的眼睛無權過目的。人讓一些表面暴露在光線下，但這些表面從未想被光照亮。人打破禁忌，竄改了天機。三島由紀夫在《金閣寺》談到一塊砍下來的柴：「風和陽光的拂流，原本並非它所應承受。」砍樹、摘花，是否有一天我們將必須為這些被我們視為理所當然的小小恣意妄為、為這些竄改了原意的細小改變，而付出代價呢？孔子有個弟子曾建議他以挖鑿水溝的方式灌溉農田，手裡捧著澆水甕的孔子卻回說：「誰知道那樣會有什麼後果呢？」住在小木屋的好處是，人除了偶爾砍下一棵樹之外，並不會對事物原本的秩序造成太大改變。

我宛如在絲綢上滑行。寂靜中只剩划槳的聲響……我往湖濱而去時，兩隻狗並未哀嚎，牠們正往南小跑。貝可的白色毛皮在邊坡杜鵑花的襯托下特別醒目。沃羅迪亞說得對：才謹慎小心了十五分鐘，我用岬角位置測量了自己的方位後，赫然發現我現在離湖岸已經超過兩百公尺，而且這小船只是以木架撐起的帆布，當初我組裝時還並未完全依照說明書指示呢。我抵達了那片塞子浮冰，它漂浮的地方離岸邊滿遠了。冰塊在陽光下發出叮咚咚的聲音。我在冰冷的水面上原地不動。距離我船頭兩公尺處，一隻海豹探出頭來盯著我看。牠沒有手、沒有腳，眼神中卻有一種老頭子般的氣息；牠的眼神就像牠的棲身之地一樣深邃。我對牠說話，牠靜靜聆聽，牠如近視眼般細細打量我，隨即又潛回水下。

六月四日

每天早上醒來，都要跟鴨子打招呼。牠們順著東經一〇五度線，飛了好幾天北上，如今有愈來愈多鴨子降落在湖面上。我在收錄各式各樣符號的書裡讀到，對日本人來說，鴨子象徵愛情和忠貞；我四周的雪松呢，在歐洲神祕學上則象徵貞潔和純淨。這段旅程徘徊在美德之中。

我現在之所以人在這裡，都是因為七、八年前那個七月的某日，我首度來到貝加爾湖畔。初次見面在我心中種下了種子，而我深信我一定會再回來這裡。一如蓋農派的玄學家們拚命想找出「黃金歲月」，我們幾個有流浪魂的人，則竭盡所能想再次經歷生命中一些震撼時刻。對某些人來說，這些震撼時刻要追溯到童年時期；對另一些人來說，震撼時刻是省道橋下的初吻；在剩下人們的心目中，這是在夏季夜晚蟬鳴中無法言喻的福至心靈；還有些人的震撼時刻，是在某個冬夜，內心倏忽間湧現出許多崇高美好的思緒。對我來說呢，就是這裡，在這湖畔的沙地邊坡上。

三島由紀夫在《金閣寺》說：「……在人生中，讓我們行為舉止產生意義的，是對某個當下的忠誠，以及我們為化此刻為永恆所付出的努力……」我們所採取的一切行動，皆起源於一個轉瞬即逝的靈感。人生也許就建立在頃刻之間。佛教徒把意識到有所洞見的時刻稱為「開悟」。才一出生，明性就消失不見了。人拚命想找回明性；人想要喚回那消失的感官。歲月就在追尋中流逝，人的一生成了漂泊。人的手裡握著捕蝶網，跌跌撞撞試圖找回溜走的東西。千百次試圖再次經歷「開悟」，卻千百次無法如願，驅使我們不斷奮力前行，直到死亡讓我們解脫，不再執著於重現「開悟」。

可惜，人永遠無法在相同的湖泊裡浸泡上兩回。「開悟」從來不重複。那神聖一刻的使用權以一次為限，一如瑪德蓮蛋糕就算重新加熱也是白費力氣。而貝加爾湖的各處湖畔對我來說已太過熟悉，無法再激起我任何淚水。

六月五日

今天接近傍晚，我把小船往北划，並在船的邊緣架起兩支釣竿。粉紅色的礫石灘沿著海灣綿延。湖水非常清澈，能看見水底的石頭，被陽光照得宛如明亮的礁湖。行經一處浮冰板塊，八隻海鷗在上面曬太陽。我從湖面上看，發現山巒改頭換面了。落葉松的翠綠色線條，支撐著上方的銅綠色雪松寬帶，再往上則是一整道墨綠色的矮松。一些未融化的粒雪如逗號般點綴森林。山巒反其道而行。映影反而比實際更美。湖水使它深不可測的神祕形象更高深莫測，水面的漣漪讓視覺如夢似幻。

船頭前那群鴨子幾乎沒有起飛的打算（划小船時，可以更靠近動物而不會驚嚇到牠們）。我在一處沙灘上岸，沙灘四周有急流，形成的漩渦與湖水相連。一場大雨把我趕到一棵雪松樹下。兩隻狗來和我一起躲雨。湖面成了一片黑灰色的法蘭絨，大雨的針狀雨滴讓表面顯得刺刺的。才五分鐘，又撥雲見日了。在彩虹下，我穿著青蛙裝在急流中捕魚。一些野鴨從我身旁經過。一束束陽光為森林增添金黃色塊的綴飾。高山、湖岸、湖水和動物，恰如其分地扮演各自的角色。

彷彿事先指派好了似的，魚立刻上鉤。短短二十分鐘內，我就釣到六尾鮭魚。陽光漸漸不再從雲層鑿洞透下來，我在湖邊躺下來，就躺在木柴火堆前，兩隻狗貼著我身旁，獨木舟一半在岸上，我聽著波浪的旋律，一面望著我的魚用翠綠木棒串著在火前燒烤，一面心想，人生就該如此——童年的夢想終於在長大後一償夙願。我很想拍照，但忍住沒拍。

太陽按慣例，選擇了雷納區的山頭下山。

六月六日

昨夜由於睡不著，我半夜手持信號槍，來到湖邊。月亮愈來愈細。但它會再回來的。對於這種事，我們很篤定。如果想打賭誰會再回來，賭衛星比賭救世主更保險。早上，氣氛就像杜菲的畫作一樣歡樂。波浪的聲音填滿生活，水浪高歌自由之頌。

邊坡上方，松樹和雪松的直挺樹幹恰恰框住土耳其藍的平滑湖面。到蔚藍的湖畔散步許久。

獨木舟：一只編織的梭子，在光滑如絲綢的貝加爾湖上穿梭著。

舵壞了，只好靠划槳彌補，接著，我在林中空地紮營。我一抬頭，發現天上的各種光線，彷彿把水面當成鏡子，利用這鏡子來測試自己的顏色。「看到地面上的事物竟無比精準地反映出天際的五光十色，令我頓時五味雜陳。」三島由紀夫在《金閣寺》中寫道。我讀了幾封古羅馬哲學家西塞羅的書信。隱居者因為無從得知天下最新大事，只好通曉古羅馬時代的種種事蹟。在《天方夜譚》裡的棕櫚樹和金碧輝煌的宮殿背景中，這句話聽起來頗為刺耳：「你竟對我這麼慷慨大方，背後一定有什麼意圖。」我比較喜歡《吉爾》裡這句對不求回報的頌揚，堪稱隱居者的勳章：「他的人生愈沒有目的，意義就愈深。」

六月七日

我在木桌上書寫，兩隻狗在暖呼呼的沙地上睡覺。一切都安靜、飽滿又明亮。湖岸上，銀蓮花開花了。黃蜂和蜜蜂為這些花朵而陶醉。既然上帝那麼睿智，為什麼沒安排讓人類毫不抵抗且毫不質疑乖乖地全心全意相信祂呢？明明創造了花朵靠昆蟲授粉這種完全無法解釋的奇蹟，卻忘記留下關於祂存在的具體線索——真是粗心大意呀！

六月八日

一聲狗吠。我本能地衝上前查看。遠方一陣馬達聲愈來愈大。早上五點，一艘小船從南邊駛來。我從望遠鏡認出那是塞戈伊幾艘小鋁船的其中一艘。過了十五分鐘，他登陸了，同行的還有眼神憂鬱的尤拉。熱茶正在煮，我把昨晚做的薄餅擺到桌上。他們進門時，我已端坐在家裡，一切都就緒了。塞戈伊感到不可思議，開始說起「讀書人真是自律」。居然沒花什麼力氣就提升了法國在他們心目中的形象。這小木屋就像一座普魯士崗哨站一樣燈火通明。他並不知道，要不是因為兩隻狗叫醒我，我現在還在呼呼大睡呢。我上輩子大概是旅店小廝吧。我伺候兩位客人時，半是殷勤，半是厭煩。有不速之客造訪，既是打擾，也是開心。他們兩人昨天晚上從波可尼基出發，迂迴行駛在浮冰孤島之間，正準備前往耶羅辛。今年融冰後，他們是最先把船開上湖面的人。塞戈伊跟我聊起各站巡邏員歷年來的心機手段和心結恩怨。由艾莫森和埃呂爾（Ellul）所提出，爾後又由朱力昂．顧巴和懷念古早人情味的人進一步延伸論述的「現代冷漠」理論，與現實情形並不相符。人之所以變得難相處，並不是因為住在水洩不通的「都會空間」裡；並不是在商業慫恿下遭施加的壓力、使人動不動就暴怒；也並不是因為生活環境擁擠，造成互相競爭的仿效作用——「逼得兄弟鬩牆」（引用自顧巴在《Tiqqun》哲學期刊的論述）。在貝加爾湖，人們彼此相隔十多公里的湖岸，四周盡是美輪美奐的森林，然而彼此仍像一座平凡都會的同層樓鄰居般互相傷害。就算換了環境，「兄弟」的本質仍是換湯不換藥。再和諧的美景也無濟於事。人就是本性難移呀。

塞戈伊對我說出了我這輩子聽過最美的讚揚：「你住在這裡，盜獵者便不敢擅越雷池。你很可能拯救了四、五頭熊的性命。」我們用一瓶伏特加歡慶了彼此間的友好。性格如原始人的尤拉一句話也沒說，沒喝酒，他和我們保持距離，只偶爾吃一口韭蔥或燻魚。他們還要去耶羅辛忙別的事，就出發上路了，並和我相約晚上到扎伐霍特諾聚一聚，他們將在那裡過夜。

我們喝光了整瓶酒，不過賣力划上二十五公里的獨木舟能化解各種頭痛症狀。我緩緩地划，在各個湖灣之間閒逛。我如水獺般緩慢前進，船頭像破冰船一樣破開一連幾小時的寂靜。愛卡和貝可成了水邊的一個小黑點和一個小白點。一隻鶺從一棵梣樹樹頂盯著我看。秋沙鴨嗚笑著。我從距離湖岸兩公里處拂過各個岬角。我鴨子划水了六小時後，終於到扎伐霍特諾了。塞戈伊、尤拉和幾個漁民一起坐在他們朋友V.M.小木屋的火堆前。

貝加爾湖睡著了，動物們變得安分。直到清晨三點，我們都在替火加柴、吃燻魚，喝光一瓶又一瓶的酒。我想癱倒在一個溫暖的小木屋裡。俄羅斯讓我學到，永遠別指望在付出勞力後獲得任何歇息。在辛苦長途跋涉了許多公里後，永遠要有用一杯接一杯的伏特加自殘的心理準備。

其中一個叫伊格的漁民不勝酒力。酒中的乙醇，他統統用淚水宣洩出來。他哭倒在我懷裡，一面訴說至今膝下無子的傷心事。我一輩子都不會忘記夾雜著海鷗叫聲的那一夜裡，他的那些斗大淚珠。他曾偕同妻子向一位專長為生育的薩滿巫師求助，如今則想去西藏寺廟住一住，希望能藉神明的力量增強他們的生育力。我不好意思安慰他說這世上人類已像螞蟻窩一樣滿到爆炸了；不好意思跟他說克勞德．李維史陀把擠在一個太狹窄星球上的數十億人類稱為「麵包蟲」，並認為我們正在自食惡果；不好意思跟他說，李維史陀大師因為擔心與日俱增的人口將使地球備感壓力，「嚴禁自己對未來發表任何預言」。他當初出生時，世上人口僅現今的六分之一；不好意思跟他說，蒙特朗曾在《王后薨逝》借用國王之口說出這番話：國王在得知媳婦有身孕後說：「這種事真是沒完沒了呀！」；不好意思跟他說，把一個新生嬰兒丟進虎口可能不是什麼明智之舉；也不好意思跟他說，只要稍微懷抱一點點悲觀心態，就能輕輕鬆鬆戰勝想成為人父的渴望。

六月九日

我這趟獨木舟隨身攜帶了《宏瑟傳》，打算在扎伐霍特諾與這位靈性隱居大師共度愉快的一天。到了中午，由於不好意思讓太陽獨自跑步，結果我頂著一顆宿醉的腦袋，在大白天到扎伐霍特諾舊礦場的頁岩上溜達。蘇聯政府垮臺之前，曾有不少「擁有自由之身的人」把這座山開膛破肚，想尋找微石英礦。他們在山腰留下了一條彎彎曲曲的道路——俄羅斯人稱之為「serpentine」，意為「蛇紋」，是外來語，借用自十八世紀的法文——沿路留有許多廢棄馬達和挖土機的履帶。我身上的衣服破破爛爛，頭髮亂七八糟，滿嘴酒氣且眼珠發黃；連兩隻狗也顯得落魄，昨天的長途跋涉累壞牠們了。我們每隔一段路就三個一起倒臥在路面，好讓陽光的光子替我們充電。到了海拔一千公尺，我們來到一處斷坡，是以前舌頭般的冰河鑿出的遺跡。這個曾被機具狠狠咬過的冰斗窪地，氣氛就像所有廢棄礦場一樣蕭瑟。我繼續登上兩千公尺高度，一面嘔出昨夜的爐渣。在這上頭，俯瞰著與湖對稱的另一側，讓人很想前往探險一番。活著，就是繼續往前走，如果折返了，就像失敗。我們順著積雪已軟化的通道，步伐搖晃地下山。我們的身體今天並不想攀爬一千五百公尺起起伏伏的高山。原本應該要望著歐絨鴨如攪拌湖水似地在湖上翩翩起舞，一面喝紅茶，一面閱讀夏多布里昂才對。

晚上十點，V.E. 在他的十隻狗環繞下，在他那個與其說農舍還更像狗窩的家裡，煮湯給我喝。地板上積了一層厚厚的油汙，爐檯上好幾個超大鍋子正燉煮著海豹內臟和麋鹿肉塊，是準備給狗吃的肉泥。簡直讓人以為來到了中世紀中法蘭克王國時代某個庫爾蘭煉金術士的煉丹爐。

「結果礦場如何？」V.E. 說。

「上面非常美。」我說。

「狗呢？」

「兩個兔崽子一起跟上去了。」

「以前，這小鎮滿有人氣的，還有家小餐館。如今都廢掉了。」

「同志呀，你在懷念蘇聯喔。」

「才不是，懷舊的人只懷念自己的青春年少。」

六月十日

V.E. 做了煨海豹肉給我當早餐。這種肉堪稱核子能源，會在嘴裡爆炸，讓體內血脈賁張。

「同志呀，只要給我海豹肉，給我一臺戰車，波蘭就交給我吧！」我說。

「在俄羅斯這裡沒有這種說法吧。」

「並沒有違和感呀。」

「也是啦。」

現在，我朋友正以摔角手式的鬥智法餵食他的十隻狗。亦即他必須手端鍋子走進大聲吠叫的狗群中，再把一份份狗食放進食盆裡，同時還要阻擋狗兒爭先恐後地撲搶。我的兩隻狗在無情搶奪中表現得很不錯，畢竟不爭取就沒飯吃嘛。

回程，我很感謝海豹肉賜與我牠的力量。由於逆風又逆浪，我足足奮力了七個小時才划完湖上二十五公里的路程。兩隻狗在圓形大石塊上小歇等我。我全身肌肉痠痛，身體水分不足應該也有關係。俄羅斯逼著酒鬼必須過運動員的生活。湖岸跑給我追。一些海豹探出頭來。

我登岸睡了一個小時，睡在溫暖的礫石上，兩隻狗和我一起睡在火堆前，火的高溫把蜘蛛從窩巢裡趕了出來。

到了五點，我終於在我的湖岸登陸。這時剛好有艘漁船靠過來，把它的鋼鐵船錨插在礫石地上。船長問我能否讓兩名荷蘭乘客下來一會兒。

厄文在庫頁島替一家石油公司做事。他的妻子能說一口非常道地的法語。兩個年輕人紅通通的，比我的狗還乖巧。小木屋大概讓他們覺得很夢幻吧——宛如白雪公主的別墅，裡面住了一個小矮人。我們以非常文明的方式站在湖邊喝茶。他們待了十五分鐘，拍了張照片，這就是沒辦法待上六個月時會做的事。厄文從船上對我喊：

「我有一份《先驅論壇報》，你要不要？」

「好。」我說。

「是上星期的舊報了。」

「差不了多少。」

他把報紙扔給我，我心想，人在泰加林裡，居然還能有荷蘭人搭俄羅斯漁船送《先驅論壇報》給我，也不枉我活三十八年了。

新聞大事：阿富汗一些小女孩遭親人侵犯，又遭母親逐出家門。一些女性遭伊斯蘭穆拉鞭打（附照片）。伊拉克一些什葉派成員以炸彈攻擊遜尼派成員，同時不慎炸到幾個自己人，因為土製炸彈不夠精準（附照片）。土耳其召回他們派駐以色列的外交人員（分析評論）。伊朗的核武專家非常驕傲得意，因為他們的研究計畫大有進展。讀到第四版後，我心想我實在很願意在這裡多待上幾個月。《先驅論壇報》還是拿來當西伯利亞魚肉的包裝紙吧。

六月十一日

宏瑟可說是個氣候溫和地帶的聖安東尼；是個沒有沙丘也無蠍子的上帝狂熱分子。十七世紀時，一位集榮華富貴於一身的人，決定去塵世間尋死。三十七歲那年，他「不回首過去也毫無怨尤地」獨自走向孤獨。夏多布里昂筆下的宏瑟令人害怕。他毫無預警地離開了華麗居所、拋下過去的生活，開始修行。他潛心研讀聖經，對窮困者盡應盡的義務，然後，在法國諾曼地的佩許山丘上，創立了特拉普會，這個教會的教規極為嚴格，儼然是一種「斯巴達式的基督教」。他的隱居修行包括禱告、寫作和沉思，強迫自己生病的身體進行禁欲苦修。他度過了三十七年的孤獨歲月，承受著各種苦痛，閉關在「荒涼」的修道院石牆間。三十七年的酒池肉林換取三十七年的孤僻靜謐——真的是有借有還。宏瑟憑著會計師般的執著，把該還給惡魔的債還得一乾二淨。他要從「〔他〕最初的弱點中，汲取〔他〕最後的力量」。他在一封給圖爾奈教主教的信中寫道：「人生來就是為了一死。」他的遁逃，既吸引我也令我反感；他的激進讓我欽佩，動機卻令我卻步。宏瑟的不安中，有一股孩子氣的任性，彷彿在向上天吶喊：「我要天地間的絕對，而且是現在就要！」這種不耐煩所蘊含的衝勁是極美的；但其動力之火卻是病態的，會把一切不符期待的事物一概吞噬。「他最主要的中心思想，就是對人生懷抱濃烈的恨意。」夏多布里昂於第三部寫道。這種對塵世的否定，與尼采在《反基督》所厭惡的「虛無基督教」有異曲同工之妙。

在泰加林裡，比起追求絕對，我更喜歡採集喜悅的片刻。杜鵑花的芬芳比聖壇上的香更深得我心。與其站在一個無聲的天空前，我寧可立在盛開的花朵前。而其餘的事——簡單、儉樸、淡泊、遺世和冷眼看待舒適——我覺得欣賞，也願意效仿。

六月十二日

今天早上起霧了。世界被取消了。該是水精靈出沒的時刻。濃霧散去後，我出發前往北雪松林岬的小溪釣魚。釣魚這回事呀：釣得一條魚，卻失去了光陰。真的有賺頭嗎？我讓假蠅毛鉤在溪水中漂流，讓它們維持在兩股水流之間，並保持在距離水底一．五公尺左右。那裡的魚群最密集，都在溪流的溢流口覓食。浮標下沉時是振奮人心的一刻：晚餐有著落了。我宰殺鮭魚時，牠們的皮膚仍在抽動；生命以抽搐的方式離開軀體。魚皮褪色了。是生氣活力賦予了我們色彩。

六月十三日

《宏瑟傳》裡，引用了古羅馬詩人提布魯斯的《輓歌》詩句：「躺在床上，聽著屋外狂風大作，是件多麼撫慰人心之事。」狂風大作了一整天，我向提布魯斯看齊。

六月十四日

波浪洗淨了岩石。我小心翼翼前進，免得滑倒。兩隻狗很害怕水浪。浪頭有牙齒，能啃咬陸地。岬角末端常在浪濤下消失不見。疾風颳掃著幽暗的森林，泰加林發出劈劈啪啪的斷裂聲。有時海鷗一陣長嘯。礫石之間，上百萬隻飛蠅孵化了。有些地方的整片湖灘上滿滿都是飛蠅。兩隻狗用舌頭舔食牠們。牠們的生命只有一星期，動物很喜歡以牠們為食，用來補充蛋白質不無小補。沙地上散著蹠行動物的足跡，顯然有熊下來享用過大餐。

兩隻狗沒辦法越過雷德納雅河。愛卡跳到河中一塊石頭上，等著我從湍流涉水過去接牠；貝可哀嚎到不行，牠一心認定我們密謀著要丟下牠了。我再度涉水而過，去接牠站到我肩上。為了穿越河水北側的崎嶇陡峭地形，我爬到泥濘的山坡上。這些懸崖呀，彷彿在你耳邊呢喃：「來吧，我的小寶貝，快來我這裡吧。」咆哮的狂風，讓我添了翅膀。

我抵達了我想找的溪流：它是一條高低錯落的急流，位在雷德納雅河往北三公里處。這地方的魚很多，但要走三小時的路程才到得了。兩隻狗探索了環境一會兒，隨即在一叢叢杜鵑花下睡著了。我很佩服牠們一有空檔就能睡著的本事。我的新座右銘：凡事都要以狗為榜樣！所謂仿生學即是把從生物身上獲得的靈感，應用到科技上。應該要設立動物行為仿生學院才對，藉此讓我們師法動物。該採取行動的時候，與其向我們的英雄徵詢建議——換作是馬可．奧理略、圓桌武士蘭斯洛或印第安戰士領袖傑羅尼莫會怎麼做？——不如想著：「那麼，我的狗會怎麼做？馬會怎麼做？或是老虎呢？甚至是生蠔會怎麼做（牠是淡定沉著的楷模）？」飛禽走獸將成為我們處世的金科玉律。動物行為學，將晉升成一門道德倫理科學。我的白日夢中斷了，一尾鮭魚從水底拉扯我的軟木浮標。今晚，我帶了四條魚回小木屋。我把牠們統統大口吞下肚子，因為動物就是這個樣子。

六月十五日

岩石間的飛蠅。牠們如細膩的流水，流滿了樹幹和山崖表面。牠們是神聖的嗎哪甘露。六月是動物求偶交配最需補充體力的時節，這在生命循環中成了個問題。沉睡的五月和豐沛的七月，兩者該如何銜接呢？大自然的解圍之道便是飛蠅。可憐的蟲子們成了飼料，在糧食匱乏的幾個星期中，便由牠們來供給熱量。再過十五天，任務完成後，牠們就不見了。牠們一生短暫，為了整體生態利益而自我犧牲。然而，牠們也並未忘記要好好活著。只要一出太陽，牠們就四處飛舞，微微顫動，努力交配繁衍。這般庸庸碌碌，像是故意不表露喜悅、喜悅卻溢於言表。我實在太喜歡牠們了，走在湖灘上時常怕踩到牠們而差點扭到腳踝。

六月十六日

然後天就塌下來了。在我那支只限緊急事情聯絡且尚未使用過的衛星電話上，顯示了五行字句，比赤紅的熱鐵烙印還令人痛苦。我所愛的女人把我休了。我是個躲在溪流間的窩囊廢，她不想要這樣的男友了。我的逃離、我的閃躲和這間小木屋，是一種罪過。

前陣子，她在離開多年後又回到我身邊時，我正準備啟程到貝加爾湖畔做新聞專題報導；如今她和我分手，我的眼前依然是同一片湖畔。我在湖濱漫無目的遊蕩了三小時。我讓幸福溜走了。應該唯有這樣才叫活著：時時以行動表達感恩，為任何一丁一點的好事感謝命運。幸福就是知道自己身在福中。

傍晚五點，痛苦一波波襲來。有時候，痛苦反倒讓我稍微喘口氣。我得以餵食兩隻狗，甚至還能釣魚。但痛苦彷彿有它自己的生命，總是一再回來。狀似人的肺腑鉛中毒了。

我夢想著自己在市郊有個獨棟的小房子，四周種一圈冷杉樹來保護裡面的狗、妻子和兒女。中產階級的心思狹隘，至少仍明白一個最基本的道理：要允許自己能期盼著一種最低限度的幸福。

我被迫窩在這個有一堆呆頭鴨的封閉空間裡，面對自己的傷痛。

我必須匯聚全副心力熬至下一個鐘頭。我全神貫注地閱讀；只要閱讀一中斷，那五行字就在我腦袋裡嘶吼。

我闔上書，把臉埋到兩隻狗的毛裡大哭。我從來不知道動物皮毛吸收淚水的效果居然這麼好。淚水如果滴落在人類皮膚上，一下子就滑掉了。平常這時候，兩隻狗總是到處蹦蹦跳跳的。今天傍晚，牠們卻微微歪著頭，安分地看著我這場可悲的小淚崩。如果我想轟掉自己的腦袋，手上也只有一把光霧信號槍而已，轟不轟得成都還很難說。一隻海豹在湖邊的水面探出頭來……我覺得這一定是她捎來的笑容。我一定要想辦法至少再和她說上一次話。我們在人生中總是慢半拍。時間不會給人第二次機會。人生是一翻兩瞪眼。而我卻潛逃到深山裡，把人生拋在腦後。

我不停閱讀，閱讀到虛脫，因為要是我目光一離開書本，痛苦就會淹沒我、逼我起身。夜裡，我似乎聽到船聲。原來是我雙眼在嗡嗡作響。

六月十七日

我被囚禁在我親手為自己打造的伊甸園裡。天空很藍又很黑。怪了，時間怎麼翻臉跟翻書一樣。昨天時間還很輕柔地流轉；現在每秒鐘都是一根針。

活到三十八歲，卻趴在湖邊，問一隻狗為什麼女人的心留不住。

要是沒有愛卡和貝可，我早就死了。我從下午四點半劈柴一連劈到傍晚六點半，劈到連斧頭都舉不起來。「唯有最純真的心，才可能因為別人的作為而受傷」，吉姆・哈里森在《妲娃》中寫道。浪濤又來了。因為正在閱讀，淚水才沒輕易滑落。在電影裡，狼見到火炬總會後退幾步。

我弄沉了自己的人生艦艇，直到水漫甲板才驚覺出了事。問題：現在七點鐘，該怎麼才能撐到八點？今晚天氣很好，雲彩形如有點可笑的花紋織品，又像老太太窗簾上的絨呢流蘇。魚紛紛來水面換氣。牠們的吻所泛起的漣漪，形成一圈圈波紋，散開放大，隨即又消失。

我一整天都在我的幾本黑色小札記本上寫東寫西。隨便寫什麼都行，只要能忘卻情傷就好。札記原本就是一些滿載著回憶、軼事和想法的人物角色。我閱讀《斯多葛主義哲學家》：我從他們的處世態度中發現能讓自己堅強的東西，這是療癒情傷的第一步。這片森林對失戀什麼也不懂，我很想把森林當成手帕，把我的悲傷好好擤一擤。生命無所不在——用望遠鏡就能看到我常去放鬆的山丘下有鴨子、海豹，還有一頭熊。傍晚這時刻，牠們各自回家。面對又一次度過的一天，生命再說一聲謝謝。

我的體內被痛苦填充，失戀的高壓會不會引發心臟水腫呢？

眼前的一絲希望，就是預定明天到訪的貝彤・謬利和奧力維・德佛。他們是兩位來俄羅斯旅遊的畫家友人，說好會來找我。我已請塞戈伊到時開船去接他們。行程安排使然，他們到來的時候，偏偏是我猶如沙灘上的一灘柏油、最一蹶不振的時候。

我什麼也不會告訴他們，在他們面前一滴淚也不掉，我會善用他們的到來，讓我自己繼續活下去。

六月十八日

要挺住，挺住就是從兩隻小狗無限堅強的身上汲取力量。大自然對於再次取得一場夏天的使用權感到興奮不已。六點，一陣馬達聲把我從呆滯中喚醒。南方有個小黑點：是我的解脫。我上前迎接謬利和德佛，他們如天降甘霖，中斷我的骷髏之舞。塞戈伊連一杯酒都沒喝就匆匆離開，因為湖面起浪了。我邀兩位畫家在湖前的木桌坐下來，從他們的袋子裡拿出從伊爾庫次克帶來的食物。有葡萄酒、啤酒、伏特加和乾乳酪。我們喝得酩酊大醉，酒精在我們的血脈裡橫行無阻。至少它能掃除所有心傷。

六月十九日

快樂只維持了一秒鐘。天亮醒來時，有愉快的一瞬間，隨即腦海就想起了所發生的事，心頭又糾結起來。

自從六月十六日的世界末日之後，我讀了兩部莎士比亞的喜劇、古羅馬哲學家愛比克泰德的《手冊》和馬可．奧理略的《沉思錄》、喬凡尼的《探險者》和一本詹姆士．哈得利．蔡斯的驚悚推理小說《伊娃》。這故事的主角是個個性很差的爛人，他遇上的人事物都會被他吸乾淘空，他讓四周變成不毛之地。這個爛人，就是我。我的心分崩離析後，我的手受到神祕的力量引導，逕自在書架上挑出了我該閱讀的書。馬可．奧理略惠我良多；喬凡尼讓我看到了我原本該成為的模樣；蔡斯則讓我具體看到現在的我。書比心理分析治療更療癒；書無所不談，比人生說得更清楚。在一間小木屋裡，搭配上寂寞後，它們成了抑制神經活動的最完美組合。

伏特加的刨刀雕塑著我們的宿醉嘴臉。中午，謬利和德佛出現了，他們昨晚在小木屋的地板上睡著了。為了排毒，我們步行前往雷德納雅河，並在河右岸懸崖上方的山肩草地吃午餐。兩隻狗追著鴨子跑。好歡樂呀！

湖灘上架起兩支畫架，穿著一身白的兩位畫家站在畫架前，一筆一筆細細勾勒出他們的作品，這美麗溫馨的畫面十分經典。我對謬利和德佛百看不膩。他們依循偉大俄羅斯的遊走畫家正宗傳統，已經在西伯利亞旅遊了一個月，並——套用他們的說法——「以此主題作畫」。他們憑著光線和一點時間，把空間化為平面。他們一面把畫作收尾，我一面寫下這些字句。小木屋頓時多了幾分藝術工作坊的調調。堪稱俄國鄉下的梅迪奇文藝別墅。

六月二十日

天亮之際，我坐在書桌前，當起了模特兒。兩位遊走畫家在小木屋裡搭起了畫架。謬利看起來像個德國吟遊詩人，德佛則像瑞士牧人。德佛的風格沉穩、細心且溫和，總讓人驚豔不已；謬利則比較隨興，有時會畫失敗，但不時又端出一幅狂亂奔放的傑作。今天早上，他們描繪的是一名心碎的男子。隱瞞自己的感受是很容易的。俄羅斯部長們曾在鄉下倉促落成一些「波坦金村莊」，即緊急重新粉刷和整修，讓金玉牆面顯露於外，以掩飾其內的敗絮。沙皇來巡視領土時，只看到畫工細膩的道具布景，又心滿意足地返回皇宮。

謬利的歡樂和德佛的溫柔，讓我忘卻悲傷。倘若沒有他們，螃蟹般的心傷一定會把我吞噬殆盡。

他們只用了一天時間就畫完小木屋、兩隻狗和湖灘。僅憑一幅畫或短短幾句話，就想號稱已把此地的美景盡收其中，兩者都是很不要臉的大膽。

六月二十一日

今天早上，一艘好大的船從湖面經過。十分鐘後，大船激起的漣漪撞上湖畔，這漣漪讓我很不舒服，它是外界對我純淨原始小天地的入侵。

兩位畫家一整天都在捕捉有野雁穿梭的明媚湖光。他們面前的畫架，就像是有待他們創作出風景的一扇窗。

我和兩隻狗一起登上已然坍塌的小丘頂端吃午餐。在這上頭，牠們凝望著大海般的湖面，流著口水，若有所思。五天前，兩個小傢伙拉了我一把，救我一命，讓我免於滅頂。

傍晚，釣魚去。德佛釣上的晚餐，餵飽了三人兩狗。在矗立於岬角水邊的高大樗樹下，他的身影猶如剪影。山坡上，夕陽遲遲不肯西下，流連忘返抓著崎嶇的山崖。釣線的末端出現一道銀光——貝加爾湖吐出了它成熟的果實。寫作、繪畫、釣魚，這是三種向歲月交作業的方式。

六月二十二日

花粉散落在湖面上，形成一條條鮮黃色綴飾。死掉的蝴蝶在水面漂浮。時時刻刻都有海豹從水面探出頭來，盯著岸上看。牠們想確定這世界依然還是老樣子，想確認牠們選擇在水底生活是正確的決定。

沒有半點聲音，沒有半點聲音，偶爾有隻蝴蝶。

「寂靜，是神聖孤獨的綴飾。」（《宏瑟傳》）

謬利和德佛一幅接一幅地作畫，這是獻給本地神靈的供品。畫作實在遠遠大勝照片。照片是從一段時間之流中明確擷取一個瞬間，並將它攤開在平面上。原始部落的人認為拍照是一種偷竊，其實不無道理；畫作比較像是對某個片刻的一種歷史式詮釋，將在端詳者的眼皮下繼續存活很久，它並未中斷光陰之流——繪製畫作的過程本身就是流動式的，它在創作過程中盤據了很長一段時間。

六月二十三日

快天亮時，我們沿著湖岸開啟一場六小時的賽跑。

謬利和德佛要回伊爾庫次克了，他們和一組船員約好在距離小木屋二十五公里的扎伐霍特諾碰頭，船準備於今天上午啟航。我們很像三個把畫坊所有家當統統打包、沿著波蘭維斯瓦河逃命的猶太畫家。超大背包壓得我們喘不過氣，包裡裝了二十五公斤的管裝水彩墨、洗劑、俄羅斯繪畫藝術典籍，外加畫架。到了中雪松林岬，我們向那位隱士的鬼魂打招呼。在小木屋廢墟旁的池塘附近，我們發現了一具野熊屍體。一座螞蟻窩緊倚著南雪松林岬的一棵參天樗樹，蟻窩裡生機盎然——上百萬具骷髏正努力為自己打造一個肉體。一群黑雁直往北方衝刺，速度快得簡直要把脖子扭斷了。我為了找V.E.跟我提過的那條地理人員留下的舊徑，浪費了不少時間。那條小徑應該就位在湖面上方一百五十公尺左右，但小徑上常有樹苗擋路，湖畔的礫石地還比較好走。

我們趕到扎伐霍特諾一小時前，就聽到那艘船燃燒柴油的聲音，謬利和德佛連忙跳上船。我們差點連握手道別都來不及。我滿喜歡這種離別，很像沉淪。

傍晚，塞戈伊、眼神憂鬱的尤拉和斷指的薩沙，開著船來到扎伐霍特諾。我們準備了一頓大餐，有燻魚、江鱈肝、野韭蔥魚子醬和烤鹿肉。薩沙招待我們喝他釀製的粗糙烈酒。這些俄羅斯人豪邁乾杯和大口吃肉的神情中，有一種澈底跳脫商業鏈的驕傲。他們的生活所需，完全取自森林資源。從山林裡汲取生活的必需品，保證能讓人感到幸福。這些人在實務上獨立自主，心中卻仍懷抱祖先留下的傳統。他們恰恰是自由思想者的相反，自由思想者斷絕了與上帝和歷代君主的關係，卻仰賴城市和服務來滿足飲食、交通或取暖的需求。誰才是對的呢？是把生死交給上天、從不踏進商店半步的自給自足鄉巴佬呢？還是掙脫了一切精神枷鎖，卻仍在吸吮體制的乳頭、向社會規範低頭的當代無神論者？是否該殺了上帝，服事於立法者？還是該在山林裡過著自由的生活，卻時時畏懼神靈？在靈性和心智上追求獨立自主很崇高，但在物質上追求獨立自主似乎也未必不高尚。「人往往遺忘，受細節瑣事所牽制才是最危險的事。就我而言，我傾向相信，比起大事上的自由，小事上的自由反而還更重要……」，托克維爾在《民主在美國》中論及「民主國家所應引以為鑑的專制統治類型」的篇章中曾如此說道。今晚，和這些泰加林樵夫們一同痛飲之際，我選邊站了。擁護神明、君主和動物，反對刑法！

忽然間，塞戈伊說：「我們送你回去吧！」於是我們開始進行俄羅斯人很在行的活動：高舉酒杯乾杯，在匆忙中啟程，把大包小包丟到小船上，往任何地方出發。任何地方都好，只要強風如賞耳光般拍打著臉頰，只要這世界仍搖搖晃晃著前進，只要能隨醉意率性而為，並讓人期盼路途的盡頭能遇上什麼新鮮事都好。

沒有比一艘在霧濛濛湖面上航行的鋁製小船更適合沉思冥想的地方了。偶爾，一道山崖的輪廓成功撕開濃霧的簾幕。局部湖岸隱約浮現，又被蒙蔽。我非常厭惡遊行，但美景的遊行除外。這趟航程猶如一段思路歷程：思緒在團團迷霧中摸索前進，忽然間，一處破口讓人得以窺見某些事物。在此前，一直都在模糊抽象中飄忽不定；而今，一道明光讓人得以把幽暗看清。

塞戈伊關掉馬達，我們在溼潤的寂靜中喝著酒。已經一連喝好幾個小時的酒了，如果把我們擰一擰，都榨得出黃湯了。我趴在釣魚用的桶罐和網子上，搭著一艘在濃霧中行駛的船，由一位醉醺醺的船長領航，我一面抽著菸，內心感到無比祥和。既然已失去了女人，我再也沒有別的好失去了。不幸的事解開了小船的纜繩。幸福是內心祥和的阻礙。我現在很快樂，我原本很害怕自己不再快樂。

六月二十四日

今天是聖約翰日，天空上演了一場精采好戲。從早到晚，焚風的雲都在山峰上方盤捲，像在為山頭戴上帽子；又如一隻溫柔的手，摀蓋住森林，試圖遮掩動物們不懂害臊的相愛。

我躺在吊床上，研究著雲朵的形狀。靜心端詳，這個說法是一些腦筋動得快的人想出來的，這樣就能名正言順放空偷懶。不用理會那些憂心忡忡堅持「人人都要積極在社會上當一個有用的人」的人。

六月二十五日

又看了天空一整天。陽光下粉末般的飛蟲宛如雲朵。後來，一輪鮭魚色的月亮，溯著夜色溪流而上，來到一處雲團搖籃中，孵出它那卓越又邪惡的蛋卵。較簡單的說法就是：它圓滿又血紅。

六月二十六日

驚心動魄的蝴蝶溺水景象。上百隻蝴蝶漂浮在湖面上，有些仍一息尚存，在水面掙扎。我把我的獨木舟改造成救生艇，小心翼翼把蝴蝶一一打撈起來。這些可憐的天際之花，掉進了地上的戰場裡。沒多久，我這艘藍色小船就被頒發了三十枚癱軟的蝴蝶星星動章。我是一艘蝴蝶專屬方舟的駕駛。

六月二十七日

我順著風，抵達了耶羅辛。山雨欲來，接下來只怕是沒有出太陽的機會了。耶羅辛蒙上一層陰森觀測站的氣息。我已和米海爾．伊波力托夫相約碰面，他是一名保護區巡邏員。他答應在巡邏時順便帶我去看看，翻越山頭後要步行一天路程才到得了的一間小木屋。中午，頂著強風，扛著一個二十公斤重的包包（裡面裝了沉甸甸的伏特加和罐頭），我跟在伊波力托夫身後，跟得很辛苦，他在泰加林裡健步如飛。我們爬上耶羅辛岬角上方的樹林山坡。伊波力托夫起步時，活像顆從大砲發射出來的砲彈，然後他放慢腳步，偶爾短暫停下來休息、又站起來，最後足足領先我兩百公尺。到了海拔一千三百公尺的山口下方，正當狂風颳起暴雨之際，我的朋友忽然想喝杯茶。情況變得極富俄羅斯味：我們在狂風暴雨中，躲在松樹枝葉下，等著微弱小火把我們那擺在頁岩石板間的半公升水煮沸。

山頭上有兩處凹陷的馬鞍地形，表面覆蓋了一層小徑般的石墨，可通往一片沼澤高原。風勢愈來愈強，我們躺在一塊尖尖的岩石後面，等待一陣劇烈的風過去。能在軟綿綿的苔蘚地走上好幾公里，實在是一大享受。簡直讓人想變成草食動物。有山鶉隨我們的腳步聲咯咯叫。數世紀以來的強風，把矮松吹拂成腸胃的形狀。松蘿菠蘿的藤蔓從樹上淌流下來。在沼澤地帶，向下的重力作用對植物的影響勝過向上的生長力。在我們跨越的這座山谷裡，矗立著一棵雪松神木。它曾目睹蒙古游牧民族時代。一路上經過了冷杉林、結冰的山澗、小蟲肆虐的山肩，以及使我們靴子深陷的泥潭。抵達了N 54°36.106’／E 108°34.491的座標位置後，我們終於來到伊波力托夫的小木屋。這小木屋是兩年前搭蓋的，就蓋在自然保護區的邊界上。這裡是個三公尺見方的避風港，坐落在一道山谷的山腰，山谷裡有一條蜿蜒的溪流。地平線那頭矗立著一座松柏林立的錐形山巒。大黃、野韭蔥和熊蔥滿山遍野。雲團般的蚊子負責站崗看守。我很喜歡這裡。傍晚暮光降臨時，光線比降臨任何地方都更溫柔、彷彿於心不忍。

伊波力托夫對我很好：野菜沙拉佐美乃滋、黑胡椒伏特加和肥肉湯。我從袋子裡拿出一瓶三公升的啤酒，它的氣都還來不及消就被我們喝光光了。

六月二十八日

我們徒步攀爬的山谷，植物非常茂盛，行走不易。我們步伐蹣跚，像兩個醉鬼剛離開酒吧就決定去爬山。每一步都會絆到碎石堆、糾結的莖根或泥坑。溪流淡漠地從旁流過，它將穿過雷納區，還要流很長一段路才到達北極海域。到了海拔一千兩百公尺，森林把覆蓋岩石的任務交棒給矮松。為了謹守無論任何事——打仗或逃難——都不得干擾下午茶時間的俄羅斯原則，我們花了整整一個鐘頭，硬是用幾根濕漉漉的小樹枝生起火。我們淋著雨，躺在一灘水窪中，喝著半溫不熱的茶，一面愉快地聊天。

「你的書有翻譯成別國的語言嗎？」

「其中幾本有。」

「都翻譯成哪些？」

「芬蘭文啦、義大利文、德文。」

「俄文呢？」

「沒有。」

「很正常，我們還很原始。」

杜鵑花叢擋住了去路，必須硬闖花叢才能通過。山口是一小片沼澤地。雨勢加劇了。伊波力托夫建議我打道回府，但我實在不怎麼想回到海帶般的森林裡，接下來時間都在全身濕答答的狀態下趕路。我們爬上一些山腰，山腰上方是一片表面有「在地凍原」覆蓋的高原。這裡地上的苔蘚比莫斯科暴發戶家裡的地毯還厚實柔軟。四頭野生馴鹿在一處粒雪旁吃草，我們試圖像印第安人一樣不動聲色繞道而行。我們躲在距離馴鹿一百公尺遠的一叢杜鵑花後面時，赫然發現現場並不是只有我們而已。一頭棕熊正往這邊靠近，牠也發現了我們的存在，立刻僵住不動。竟然在用餐時間和野熊變成競爭對手，感覺實在很不好。

我打開信號槍的保險栓，伊波力托夫則把他的七點六二步槍上膛。拉動槍栓的喀噠聲驚動了馴鹿，馴鹿群頓起騷動。棕熊此刻應該在心裡狠狠咒罵我們，但牠敢怒不敢言，一動也不動。簡直以為牠是一座雕像，只不過牠把自己的底座吃掉了。牠以兩隻後腿站立起來。必須等上幾秒鐘才能知道牠到底決定要進攻，還是掉頭撤退。結果這天，沒有開槍的必要，我們凝視了許久，那毛茸茸身影於逃離時、在灌木叢枝葉上掀起的淡淡漣漪。

必須步行兩個鐘頭，才能回到我們昨天順勢而下的那條支流。伊波力托夫有個如意算盤。一年前，他曾把一只鐵鑄鍋爐大老遠扛來這裡，他希望我能幫忙把鍋爐一起搬去小木屋。我是無所謂啦，反正不過就是一場為時兩小時的障礙賽；也不過就是扛著一只三十公斤重的鍋爐，而鍋爐下的兩個角會一直頂磨我的背，而上面兩個角會一直勾到樹枝，讓我每走一步都會被一陣非常令人精神抖擻的冰水灌頂而已。我一定很像喜馬拉雅山上的挑夫，他們穿梭在尼泊爾叢林時所挑扛的物品，只能用五花八門來形容：真皮行李箱、桃花心木的留聲機，以及達官貴人泡澡用的浴缸等等……

六月二十九日

如果將來有一天把我送進太空船的飛行艙裡，我一定能體會和太空旅伴一整天一起躺在艙床上是什麼感覺。我隨身帶了齊克果的《致死之病》，不過假如是雨天被迫關在小木屋裡的話，我一點也不建議閱讀這本書。伊波力托夫的小收音機斷斷續續穿插播放一九四一年至四五年間的戰爭史事，以及流行歌曲。雨下個不停。想不到天空竟然這麼缺乏想像力。

「米海爾。」

「怎樣？」

「我們運氣不好，一直遇到下雨。」

「這樣反而比較沒蚊子。」

「也是啦。」

伊波力托夫把他的書忘在耶羅辛了，只好一直盯著天花板發呆，彷彿天花板會變出什麼美妙圖案似的。下午四點，我們心血來潮，移走舊鍋爐，換上新鍋爐，並在新鍋爐散發出來的美好暖意中，遵循「開爐」一定要的傳統慶祝儀式：乾掉了三小杯伏特加。傍晚六點，大雨轉緩成毛毛細雨，我們出發去攀爬山谷東側的金字塔狀高峰。我們上路時，雨又變大了。苔蘚簾幕成了液態紗幔。地衣彷彿吞掉了我們的靴子。蚊子毫無飛舞的空間。費了一個鐘頭才爬完一片盡是三百歲雪松的三百公尺高低起伏山坡。這些樹宛如廢墟。在一處昔日的熊窩外緣，一些鈴鐺狀的紫紅色野生蘭花，為這世界稍微增添了幾分喜氣。

夜裡有一隻老鼠鑽進我的睡袋，把我驚醒。老鼠不像蜘蛛那麼可怕，但也沒有芭蕾女舞者那麼愉快。

六月三十日

如果是在伊爾庫次克街上，一定會以為伊波力托夫是個一頭灰髮、過著安分守己生活的一家之主。他每年都獨自一人來到森林裡待上幾個月，巡訪他的六間小木屋——巡訪路程全程一百一十公里——並藉此再次印證某些俄羅斯人的信念：即住在都市裡的日子，只該是山林生活的一段小插曲。

我們踏上歸途。依然下著雨。被凍僵的灌木樹叢，似乎很嚮往泰國。我用外套帽子緊緊罩住頭，一面回想起，我在法國普羅旺斯氣味濃郁的石灰岩壁間翻山越嶺的情景。在雨中行走，總會喚起許許多多回憶。

在熱帶叢林裡，高溫和潮溼有助生命繁衍。泰加林裡的生物卻無法享有這種育嬰保溫箱般的條件；暖熱的叢林總是源源不絕製造，泰加林則在保存。在這裡，植物生長的速度很緩慢，樹下腐化的速度也不如低緯度地區來得快。一棵西伯利亞雪松要過好多年才會腐朽。但不論是叢林或泰加林，地面上都生長堆疊了各式各樣的植物。那裡是生機蓬勃的結果；這裡則是因腐蝕極慢而行成一種植被長久穩定存在的狀態。寒帶叢林好比植物博物館，熱帶叢林則是葉綠素實驗室。

回到耶羅辛後，我又見到我的兩隻小狗，並和沃羅迪亞、依莉娜和伊波力托夫共進午餐，吃著鮭魚卵薄餅。魚子醬永遠吃不膩，但伏特加真的喝太多了。

然後，我如拿湯匙攪咖啡般，拚命划著湖水，逃回了自己家裡。

七月

平靜

七月一日

整天都在釣魚。以魚為主食的人，靠著一座湖泊的資源養活自己，在心理和生理上會起變化。他的細胞以磷作為養分，他的性格中注入了魚的精神。他不再那麼血氣方剛，變得更沉著、更沉默、更矯捷、更靈敏且更節制。

我抓到六尾鮭魚。這些魚驚駭地瞪大眼睛，彷彿看到了不該看到的事。

愛卡和貝可搶走了我三尾魚獲，我連責罵牠們都捨不得。要是我有小孩，他們一定會淪為小惡霸。

七月二日

空氣中處處是飛蟲。破曉曙光乍現，嗡嗡聲隨即響起，直到入夜後才停歇。一些金龜子爬到小木屋的屋梁上，有天牛在我的置物架上築巢。一些眼睛足以令人做噩夢的虻蠅，惹得兩隻狗很煩躁。假如這些蟲子仍像石炭紀時代一樣，體重重達五或十公斤的話，人類就不至於這麼囂張了。

七月三日

春天，擺脫了水的枷鎖。

瀑布重獲自由了。

水從五十公尺高的山壁頂端一個極小的洞口潺潺流出。水簾以一道道白色絲束覆蓋頁岩山壁。我如耍特技般，攀踏山壁上一片連接到山頂的狹窄臺地，好不容易來到瀑布最上方。晶瑩剔透的水流往下方騰空飛濺，看得人頭暈目眩。瀑布會不會是因為感到絕望，才從山頂往下跳呢？

晚間，兩隻小狗打架。牠們牙床碰撞的聲音如刀劍相砍。這片灰色的湖灘呀，還有哪裡比此處更適合觀賞武士決鬥、更適合來回踱步咬文嚼字，以及朗讀詩句呢？我住在一片森林的邊郊，面對平原般的湖水，所置身的這條凹狀地形線，底部源起於一千五百公尺，並一路直通兩千公尺高的天際。小木屋就是各種空間的交界點。

七月四日

怎樣叫奢華？就是天天都有二十四小時擺在眼前，供我**隨心所欲**自由使用。時間猶如端站在陽光下雪白窈窕的高大女孩，只等待伺候我。就算我想賴床讀上整整兩天的小說，有誰能反對？假如我一時興起在傍晚時分去深山裡溜達，有誰能說不行？森林裡的獨居者有兩個摯愛：時間和空間。前者呀，他高興怎麼運用就怎麼運用；後者呢，他對它比誰都熟悉。

何謂社會？社會就是那外在的急流，對我們小船的方向舵徒增阻力，害我們無法隨意前往想去的方向。

我在灼熱的烈日下（攝氏二十二度耶！）躺在吊床裡。在湖灘上寫作時，兩隻狗會緩緩來我腳邊躺下。愛爾蘭莊園裡，有西班牙獵犬躺在閱讀仕女的腳邊，我們這個呢，是貝加爾湖的版本。

一些帆船拖著長長的水波紋，在湖面上忙碌著。

七月五日

溫度只要稍微一上升，昆蟲的反應就像地震儀般敏感。氣溫才增加三度，牠們就孵化出上百萬隻，在空中到處激動飛舞。天牛交配。牠們的觸角貼在一起，如雕像般動也不動地相愛著。如果有年輕的東歐昆蟲女研究員來這裡研究這些現象，我可一點也不反對。鴨子呢，則讓人聯想到穩重的中產階級伉儷。牠們成雙成對地在水上優雅划行，宛如身著週日禮服般光鮮體面，邊划行邊向其他夫婦微微點頭致意。

我每天走動的這片天地，從林中空地到水岸邊，隨處可見珍寶。不論在草地裡或沙地下，到處都有各路軍團忙進忙出。牠們的士兵是珠寶；牠們身上披著漆釉盔甲、黃金甲殼、孔雀石的鎖子甲或貴氣的條紋錦衣玉袍。在北雪松林裡，我踩踏在寶石、鑽石和玉石上卻渾然不覺。其中有些彷彿出自「新藝術運動」珠寶設計師之手，想必是勾搭上某個浮士德式的煉金術士，而這些首飾和琺琅在出爐完工後被賦予了生命。

時時留意昆蟲的存在，能帶來喜悅。熱中於極度渺小的東西，能避免生活變得極度平庸。對於熱愛昆蟲的人來說，一灘水即有如坦干依喀湖，一堆沙儼然就是塔克拉瑪干沙漠，一棵灌木也能成為馬托格羅索州。走進昆蟲的世界，讓草地終如天地般遼闊。

七月六日

湖水如油，倒影如此純淨，差點讓人誤把映影看作實際的風景。清澈的空氣把我划槳的回音傳送給森林。倒影是風景的回音，回音是聲音的風景。

我釣到一尾三公斤重的鮭魚。我在我的火堆旁閱讀巴謝拉。一股東方版畫式的濃霧朝湖岸襲來，湖岸「如朦朧般美麗，如夢境般流動，如愛情般不可捉摸」（《火的心理分析》）。

七月七日

睡不著。懊悔和挫折在我的頭骨裡如妖魔般瘋狂亂舞。太陽於清晨四點三十分再度回來時，亮光趕走了邪惡蝙蝠，我終於睡著了。

是因為疲倦嗎？我在中午起床時，整個人變得麻木遲鈍。值得慶幸，今天一整天應該都不會有什麼新鮮事。放眼望去不見半個人影，沒有待辦事項，無需討好任何人，不必向誰回禮。不過稍後還是向六點三十分的那隻海豹和一支歐絨鴨縱隊致意一下。

小木屋是個讓人能「跳脫一下」的地方，是個空曠的避風港，不必非得對什麼事統統都有所反應。這段日子裡，不用被迫非**回答問題**不可，這幸福哪能衡量？我現在體會到，交談這件事本身不免帶有侵略性。對方假裝對你有興趣時，便是打破了寂靜的光圈，介入時間之流，要求你回答他所問你的事。所有的對話都是一場對決。

尼采在《瞧，這個人》中說：「人應盡量避免偶然之事，避免外在刺激。為自己築起某道牆，也算是本能的智慧，並培養才智。我難道要容許外來思想偷偷攀上這道牆嗎？」稍後，他繼續讚揚不動如山的淡漠：「我認為我的未來——是個非常遼闊的未來——就像一片無風無浪的海：一點也不希望水面起任何波瀾。我無論如何都不想要事物變成它們本來以外的模樣；就我而言，我並不想成為其他模樣。」

基於某種說不上來的謎，在我當初為自己爭取最大自由的當下，也恰好放下了所有欲望。我感到自己心裡浮現出一些湖濱風景。我喚醒了自己心中那東方的老靈魂。

七月八日

傍晚，我在湖岸邊生火，烤了魚來吃。

晚上，是個漸漸逝去的幻夢。所有浪漫綺想的元素，八點左右都會在我小屋前一覽無遺：沉睡的湖水、襤褸般的霧氣、帶有粉嫩色調的陣風、遨翔歸巢的鳥兒。大自然是一幅充滿世俗的畫作，卻從不落俗套。

今天，我把書本暫時擱一旁。尼采在《瞧，這個人》中的提醒，對我如當頭棒喝：「我曾親眼目睹：一些天資聰穎、思緒富饒又『行雲流水』的人，才三十歲就『被閱讀所耗竭』，淪為泛泛火柴，需要外力摩擦才能激出火光、才能擦出『想法』。」穿梭於沉思的森林時，只要強迫症式地閱讀，就不必惶惶尋覓林中空地。一本接一本閱讀時，我們只要把原本已在醞釀的朦朧想法，從書中辨認出其具體敘述即可。閱讀只成了在發掘如何表達呈現那些在腦海裡飄忽不定的念頭，或是對上百位作者作品、來回進行錦上添花的交織。

尼采曾描述過一些，如果「不加以搾壓」就無法思考的疲憊腦袋。唯有一滴檸檬汁才有辦法喚醒生蠔。

能不循舊思維看待世界的人，才更顯得神采飛揚。過去所讀的書，從來不會淪為這些人和事物本質間的有色眼鏡。

我生命中曾有個女孩，她懂得要忘掉自己所讀過的書。她對各種形式的生物都懷抱深厚感情，我們曾一起穿越法國南部的卡馬爾格濕地；我們曾一起在鹹水沼澤裡、在運河上，沿著潟湖划船。紅鶴成群結隊飛翔在羽毛般的夕陽中。晚間，我們露營的地方有一大群蚊子。我拚命打蚊子、用化學藥物噴牠們。女孩卻說：「我喜歡這些蚊子。牠們會叮人，但誰都需要吃飯。再說，多虧有牠們，人就不想去蚊子多的地方，其他動物便能放心在那裡生活。」二十二天前，她離開了我。

我的好友托馬．葛斯克和貝爾納．賀曼搭乘塞戈伊的船，於傍晚時分抵達湖畔。依照北雪松林的傳統，我們在湖灘上喝得酩酊大醉，為逝去的美好戀情乾杯，也為好友久違重逢乾杯。葛斯克是為了一家雜誌社來這裡出差；賀曼則是來做他力行禪學修行數十年來一直在做的事：端詳光線在地表上的各種變化。他活像個印度軍隊的上校，穿著白色棉上衣，戴著一副玳瑁粗框眼鏡。他蓄著金色小鬍子，又有著神似普加喬夫起義農民的眼珠，俄羅斯人常以為他是個頓河哈薩克悍將。他便會以在布里茲涅夫和赫魯雪夫時代來俄羅斯旅遊時學過的俄語，拼拼湊湊回答說，他有克里奧爾、猶太、凱爾特、波羅的海、西班牙和條頓血統，但據他所知，他並沒有任何祖先是哈薩克人。

七月九日

塞戈伊昨天留了一塊海豹肥肉給我們。我和葛斯克一起划船南行，想把這飄著惡臭的肉塊放到岩石上，吸引野熊出現。到時我會從我湖灘的桌子這頭，持望遠鏡觀看動靜。接下來好幾個小時，我都在引頸盼望野熊現身。

我和葛斯克及賀曼過著愉快的生活。我們一起釣魚，去湖濱森林裡健行，討論俄式虛無主義、佛家說的接受和斯多葛主義不動心之間的細微差異。有時葛斯克和賀曼回憶起他們當兵的日子，這時對話便聊起由隋朝轉為唐朝時的詩詞，時而改聊法國對外情報和反間諜局轉為法國陸軍傘兵隊第十一分隊時的各種行動任務。

七月十日

天空比森林更放縱自己的野獸。沒有任何熊來赴惡臭肥肉之約，倒有黑雁、秋沙鴨、鳳頭潛鴨和歐絨鴨派許多代表前來。天黑時，兩個划著獨木舟的德國人從北邊而來。他們在距離小木屋僅五百公尺的岬角湖灘上紮營，然後來使用我的太陽能電池，替他們的電子器材充電。不得不看了他們的照片、影片，並互留網址。這年頭，認識新朋友的時候，在握完手和匆匆互看一眼後，緊接著就要記下網站和部落格名稱。待在螢幕前的時間取代了交談。見完面之後，留下的記憶不是對方的長相或聲音，而是一些有數字編碼的名片。人類社會終於實現了夢想：如螞蟻般互相摩擦彼此的觸角。將來有一天，我們只要互相嗅聞一下就夠了。

七月十一日

兩個划獨木舟的德國人乘著他們配備齊全的小船離開了。與此同時，我的湖灣出現了另一支划著小船的四人小隊。這些人的裝備就沒那麼氣派。船上處處是補丁——這些是俄羅斯人。船板上的防水膜直接用垃圾袋將就。他們身穿條紋水手服，爽快喝下了三杯烈酒；剛才那兩個德國人——他們推託現在時間還太早——對我遞上的烈酒敬謝不敏。德國人和俄羅斯人呀，前者巴不得讓這世界變得井然有序，後者卻必須歷經混亂才能展現他們的天才。

今天的最後一批訪客，足以媲美一九九〇年代巴爾幹半島電影學院拍攝的電影。前來停泊在我湖灘上的，是一艘從北邊而來的船筏，船還沒到，就先聽到它鞭炮般的劈啪巨響，它的上層是木板船筏，底部則是烏拉爾卡車的車輪。這座漂浮小島上居然矗立著一輛車子，車子由接榫如轎子般扛著，並用許多纜繩固定。三個身穿迷彩服的俄羅斯人從礫石地登陸，他們說：「我們這艘船叫『勇者無懼』！」他們一臉凶神惡煞的模樣，一身潛水艇員的條紋上衣，腰間插著短刀。車子的傳動軸偏離主軸，傾斜了二十度，連接到一個螺旋推動器上。他們駕著這艘克難的「康提基號」，正要前往伊爾庫次克，三人輪流坐鎮車子的方向盤。船的後面區域，有個工地鐵桶裡用木柴燒著火，充當伙房。離去時，他們用一把攜帶式小手槍開了一槍，我望著這船筏，覺得它就像俄羅斯生活的寫照：這東西很笨重、很危險，很有可能沉沒，隨波逐流，卻隨時能坐下來泡茶。

晚間，賀曼負責看家。我們和葛斯克在瀑布上方，順利越過急流，到達對岸。我們登上一處岩石山脊，我冬天時曾發現那裡有一片適合露營的平臺。費了一個鐘頭才爬完最後五十公尺由矮松所鎮守的高低起伏地形。枝葉不斷拖慢我們的腳步。

我在平臺上生了火。平臺這種地方，是暴風雨前的寧靜；是被斬首前，自己和自己重修舊好的地方。在這裡，依每個人心情不同，內心所萌生的，可能是最黑暗的絕望，也可能是最燦爛的喜悅。我們抽起我們的一號羅蜜歐雪茄。今晚很平靜，月亮已相當飽滿。為什麼偏偏總在世界落幕時，特別想聊這個世界呢？層層積雲遮住了布里亞特山頭。夕陽把它們烘熟了。四種元素和諧演出它們的協奏曲。水輝映著月亮的銀色碎花，空氣中滿是浪沫，岩石因所吸收的熱氣而顫動著。怎麼會以為上帝不在夕陽裡呢？兩隻狗窩在松樹下。營火往上升，暮色往下沉。它們交會了。

忽然間，愛卡跳了起來，衝向宛如獠牙的崎嶇山坡，貝可則趴躲在松樹下，像一隻在泰加林裡迷路的家犬。黑色小哨兵愛卡朝黑暗中猛吠，我們猜想可能有熊從旁經過了我們的營地。

七月十二日

和葛斯克及賀曼前往中雪松林岬。我們沿著湖濱默默漫步。夏多布里昂在《宏瑟傳》謙遜到不能再謙遜，他說自己行走時曾「被（他的）心智壓得喘不過氣」。

到了岬角最末端，用了一分鐘時間在小木屋前默哀，向紅色蘇聯時代那位清苦隱士致意。賀曼說：「就這麼過完了一生，連基．呂克斯[10]是誰也沒聽說過。」在一片矮松樹叢裡，就在貝加爾湖和內陸池塘之間的卵石堆上，兩隻狗趕出了一隻正在孵巢的母鴨。不得不攔住兩隻狗，牠們才沒對鴨蛋下毒手。但愛卡還是生吞了一隻鴨仔蛋，把四十年來嚴格茹素的賀曼嚇了一大跳。

六點的陽光，使沼澤搖身一變，變成亞瑟王故事中的森林湖泊。一股傳奇般的霧氣蕩漾在水面上，霧氣破口不時折射出千萬粼粼水光。這場景對維多利亞時代的哥德風格作家來說一定很精采。如果是十九世紀末的奇幻小說裡，蜻蜓將是仙子的羽翼坐騎，水面上的閃爍光澤則是水精靈的香吻，霧氣是空氣精靈的呼息，蜘蛛將貴為風口守門人，沉睡的水底坐落的是某位守護神的宮殿，而山巔間流水般的夕陽，象徵著通往天庭國度的黃金大道。但我們只是原子世界裡的凡夫俗子，必須趕在入夜前回家。

七月十三日

歐洲人繼續進行第三代壓水反應爐的興建工程，重新啟動了Transgreen計畫，希望藉此把非洲太陽能設備產生的電力引進歐洲；美國佛羅里達州沿岸則發生漏油事故。我從葛斯克帶來的報紙上，讀到人類這些創舉的相關報導。

10 基．呂克斯（Guy Lux，一九一九～二〇〇三），法國家喻戶曉的電視綜藝節目主持人。

住在小木屋裡，是在宣揚與傳統能源觀念恰恰相反的能源理念。伐木的斧頭和太陽能板提供照明和溫暖，能源上的撙節並不會構成負擔；知道能自給自足所衍生的喜悅，以及盡情享受太陽慷慨恩賜的神聖感覺，也不會構成負擔。太陽能充電板可接收從天傾盆而降的光子，木頭——堪稱陽光的化石——則以火的形式釋放它的能量。

藉由釣魚或採集所獲取的每一大卡熱量，以及由人體吸收來的每一個光子，都用來釣魚、採集、汲水和砍柴。住在山林裡的人，是一臺能源回收機。向森林求助，即是向自己求助。既然沒有車子，隱居者就用走的；既然沒有超級市場，他就去釣魚；既然沒有熱水器，他就親力劈柴。不假他人之手的原則，也適用於精神層面——既然沒有電視機，他就翻開書本。

石油和鈾元素長得什麼模樣？核能發電廠高牆裡有些什麼東西？從BP石油公司四千公尺深的水龍頭裡湧出的原油，又是哪些成分組成的？是誰在轉換這些能源，並以電力的形式輸送到我們家裡來？小木屋的共產主義精神，在於一概拒絕中介組織。隱居者很清楚他的木柴、他的水、他吃的肉，以及他桌上散發清香的野薔薇是從哪裡來的。他的生活以就近取材為最高指導原則。他拒絕活在模糊不清的進步中，拒絕取用他一無所悉的能源。所謂的現代化呀，就是不肯多想一想進步的美好究竟從何而來。

報紙上的其他消息還包括法國政府官員的貪腐案。有時，他們實在笨拙到匪夷所思的地步，做了壞事卻也不懂得稍加掩飾。躲在臥房裡時，薩德侯爵的隨從至少都還記得要把他們的房門反鎖起來。西裝筆挺世界裡的醜陋嘴臉和這些人貧瘠的表達能力，比他們的貪汙舞弊更糟糕。

七月十四日

太陽於早上四點讓萬物恢復顏色，我比太陽晚一些，而且我只有三色：綁在釣魚竿上的小旗子——天空色、雪色和血色——在湖灘上隨風飄揚。為了慶祝祖國生日，葛斯克、賀曼和我一大早就三度乾掉了三杯伏特加。我們舉杯緬懷博羅金諾戰役。我舉辦了一場同歡舞會，也教貝可跳舞；愛卡是討厭鬼，牠不肯跳。在俄羅斯領土上插一面法國國旗會不會觸法？這算是一種挑釁舉動嗎？如果有憲法擁護者划獨木舟經過，要記得請教他一下。

七月十五日

葛斯克和賀曼於今天早上離開了。和他們相處的這段愉快時光，以及這幾天接連出現的划船遊客，打亂了我的生理時鐘。我得花上好幾天時間，才能調回原本純粹以觀察太陽環繞我住所四周所建立起的生活步調。

七月十六日

小木屋的生活是一張砂紙。它會打磨靈魂，讓人變得赤裸裸的，讓心智回歸原始，令身軀荊棘叢生，卻也在內心深處滋長出毛孔般敏銳的味蕾。隱居者不再那麼注重禮節，卻變得更溫和：「也許我們祖先在享受時更為優雅，對幸福存有更深的覺知，因為他對痛苦已不那麼計較。」巴謝拉在《火的心理分析》中這麼寫道。

流落荒島的獨居者若想保持神智正常，就必須活在當下。要是開始規畫各式各樣的計畫，他一定會發瘋。當下此刻，宛如精神病患的束身衣，讓人不受妖魅般的未來所迷惑。

傍晚，雲朵替睏倦的山巒戴上了棉白睡帽。

森林邊的樹腳長了一圈野薔薇，它們把花冠面向它們的神——太陽。我想起《悲慘世界》中對普侶美街上那座庭園的描述。主角尚萬強放任這塊荒廢園地自行生長，作者雨果藉此宣揚了一番泛神論理念：「萬物對萬物皆有影響……生物與事物之間有著神奇的關聯……沒有任何思想家敢說山楂花的芬芳對星宿毫無益處……」

把雨果這問題繼續延伸：誰敢說浪濤對幼鹿的夢境絕無影響，誰敢說風撞到牆壁時毫無感覺？誰敢說黎明對山雀的鳴叫充耳不聞？

七月十七日

用一整天讀了《颱風》、劈了一批柴、釣到四尾鮭魚、餵了小狗和修復被暴風雨吹壞的一處遮雨棚木板。康拉德筆下的麥回爾船長可說是古代以色列王國亞哈的另一種極端。他站在命運的關頭，遭受狂風暴雨的處境，不為無法避免之事尋求脫身之計。我們何必要為無計可施之事激動不已呢？沒有任何白鯨值得我們大驚小怪。漠然推到最極端時，人會顯得蠻橫粗野，康拉德筆下的麥回爾便有幾分莽夫氣息。這位船長一定很適合當俄羅斯英雄。在俄羅斯，如果想表示自己什麼都無所謂，就會說「母涅波非固」（mnie po figou）；對凡事一概認命地逆來順受，稱為「波非主義」（pofigisme）。俄羅斯人對自己採取的波非態度很自豪，他們用它走過了歷史上的動盪、氣候巨變、卑劣的領導人。波非主義既不借用斯多葛主義的認命，也不引用佛家的超然。它無意鼓勵人追求塞內卡式的美德，也不否定業力的好處。俄羅斯人只希望別人讓他們今天好好喝完一整瓶酒，因為明天的光景將比昨日更慘。「波非主義」是一種由旺盛生命力修正過後的內在被動狀態；波非主義者深深鄙視一切希望，卻不代表他不能盡情享受今天的各種滋味。傍晚即是他視野的盡頭。在輪船甲板上滿頭大汗等待颱風來襲的麥回爾船長，大可成為這個無希望教會的虔誠信徒。

七月十八日

我划著獨木舟從一個岬角切到另一個岬角時，忽然被大霧籠罩。太陽順利從中穿透出一道道光輝落地。一輪輪放射狀的光束，形如絢爛耀眼的海膽。這時腦中會浮現貝加爾湖海怪冒出來攻擊人的畫面。我經過那間廢棄的小木屋，踏進森林，往沼澤地前進，想去採些野韭蔥、大黃和熊蔥。蚊子群起圍攻。我很想把防蚊液的行銷人員統統帶過來，並叫他們全身脫光光，這樣他們在撰寫商品文案時，不敢再那麼誇大其詞。池塘閃閃發光，野生玫瑰為水岸增色不少，雪松則使水岸黯淡。我滿載而歸，帶著一大把香草回到小木屋。湖面轉成粉紅色，天空變成大理石色，點綴著一塊塊的紫斑和瘀青色塊。唯有法醫才懂得欣賞貝加爾湖的向晚。

七月十九日

在湖灘上沖澡。我用水桶裡大把大把的溫涼清水沖澡時，耶羅辛的沃羅迪亞駕著他的小船來了，他懷裡還抱著一大堆燻魚。他來找我聊俄羅斯人很愛聊的一個話題：「你們市區裡發生暴動呀！阿拉伯人發動革命了！一片火海。」我懂的單字不夠多，無法告訴他，事情沒那麼嚴重，但比他想像中複雜。話說回來，有那麼複雜嗎？真要解釋的話，必須告訴他，這些示威活動是社會不公所導致的憤怒抗爭，並要告訴他，示威者的種族血統儘管使俄羅斯人震驚，那些法國評論者卻對這些事隻字不提。必須告訴他，這並不是一場革命。像這樣掀起社會秩序的動盪，目的並不在推翻中產階級，而是想打進中產階級的圈子。難道有聽到那些年輕人高喊爭取自由、力量和榮耀嗎？為什麼要在一片貧困中放火燒汽車呢？是為了批判科技與市場對社會造成的殘害，還是因為不甘心自己無法擁有最引人注目且最高端的商品呢？

我還記得去一些敏感社區（「敏感」是種修飾說法，特別指一些瀰漫著特殊暴力氣息的地區）當志工的情形。那裡的孩子非常有活力，對我分享的內容假裝表現得有興趣，背地裡卻嘲笑我的穿著，拿我說話的方式開玩笑。那幾次接觸讓我印象最深刻的是，他們極度在意衣裝打扮，社區地域觀念很強，有一套共同遵守的行為模式，喜歡昂貴的物品，近乎病態地過度注重外表，深信強者才能出頭，對「別人」沒什麼好奇心，並有他們自己的一套暗號語言：這些其實就是中產階級精神最典型的特徵。

山神呀，我都已經搬過來生活了，居然還惦記那些事，豈不是在羞辱這些山巒！沃羅迪亞一離開，我趕緊把記憶拋到腦後，回到書本和山林的懷抱。

七月二十日

今天，我爬了一千六百公尺的高低起伏地形，下山時也一樣。以上統計數字報告完畢。我決定要登上矗立在小木屋後方的山峰。一開始，順著泰加林往上爬，路程艱困又漫長。我在八百五十公尺處擺脫了灌木叢。森林的上層邊界意味著上方世界就此展開。從山頂崩落的岩石，一路滾落來到樹牆的腳邊。這裡寂靜得像是古羅馬式的圓形劇場。兩隻狗熱得氣喘吁吁。我們飲用山澗的泉水。山谷愈來愈陡，愛卡和貝可在崖壁間變得吃力。我在銀蓮花矮叢旁坐下來，觀看岩石和森林緩緩流向湖岸的景象。

據說有些男人會從女人的腰臀判斷她們的生育力是否良好；有些男人則以眼眸臆測她們是否會是令人心動的情人；還有些男人以手指長度揣測她們的性感指數。而有些人則以一模一樣的心情看待地形結構。

這些山群提供無以計數的豐沛感受，人類務須當下立即體驗。畢竟人類絕對無法加以保存。在這個不講承諾、無視崇高的國度，一切算計都注定是白費心機。沒有任何方式能馴服這片自然。唯有把企圖一概拋開之人，才懂得欣賞它的美。泰加林不適合嚮往肥沃茂盛的人。喜歡開墾整頓土地的人，請繞路吧，回去你的托斯卡尼吧！那裡四季如春，土地等待著人類把它們耕耘成農田。在這裡，在這個圓形劇場裡，凡事都永垂不朽。古早的岩漿時代，這裡曾有過動盪，如今，只餘平靜。這片土地，是地質在休息。

到了海拔一千七百公尺，我踩著崩塌的碎石繼續攻頂。在這上面，就在貝加爾盆地和雷納山的分界線上，我和兩隻狗一起以三條燻魚和野韭蔥作為午餐。在乾枯的苔蘚地衣上又行走了一個鐘頭，迎向兩千一百公尺高的山頂。到了山頂，我躺在地衣上，和兩隻狗依偎著睡覺。蚊子把我們趕跑了。牠們是高山上的衛兵，職責是不許任何入侵者逗留。大自然實在很聰明，沒派一大群張牙舞爪的凶猛野獸駐守，畢竟野獸遲早會被子彈殺光；反而派出一大批小得不能再小的飛行針頭，牠們飛舞時的嗡嗡聲還足以把人逼瘋。

我們往東北側的山腰撤退，從一片礫石地滾下來，每走一步都造成一陣崩塌。我來到一處傾斜角度達四十度的粒雪凹地。我用兩片漂亮的頁岩鑿出臺階。兩隻狗對這片障礙地形狂吠不已，最後才認命地繞道而行。坡勢趨緩，我們直闖雪地。來到九百公尺的高度，我擔心會雪崩，於是本能地離開了粒雪凹地，改走周圍的岩地。一條冰面水道出現在眼前。這條被冰雪覆蓋的溪流，在這裡短暫地露了臉，隨即墜入三十公尺深的深淵。

七月二十一日

沒有半隻鳥在鳴唱。湖面上沒有半絲波紋。濃霧把世界吞沒了。

七月二十二日

他們的出現，把我嚇了一跳。他們一聲不響從湖灘登陸，我聽到獨木舟船身刮撞卵石的聲響時，才發現他們到來。他們是兩名理著短平頭的彪形大漢。他們的笑容殺氣十足，眼神卻很溫和。他們正以一天五十公里的速度，徒手划船前往歐爾庫隆島。他們向我討茶喝。水在鍋爐上沸煮，他們告訴我他們是濕婆教徒，沿著湖岸航行是為了尋覓聖地。據說原來貝加爾湖是他們的神——濕婆——的發源地。最好笑的是，他們的長相實在很像特種部隊的殺手。

許久以前，我在教會那十年修習所耳濡目染且至今尚餘的一絲耐心，讓我得以耐著性子忍受薩夏滔滔不絕講上一個鐘頭的宗教大論，他還邊引用大量梵文。他宣稱貝加爾湖的山群與印度教的神山須彌山相連，他說烏拉山脈南端是世上凱爾特式宇宙能量感應最強之地，還說印度薩爾馬提亞草原上的庫爾干大型墳塚是查拉圖斯特拉所建造的。我很佩服這些人，能把話說得這麼信誓旦旦，彷彿他們剛剛才在隔壁小木屋裡和上帝一起喝了杯啤酒。蘇聯解體後，新世紀的理論在俄羅斯便頗受歡迎。社會主義教條垮臺後在神祕學上留下的空缺，總得想辦法填補。俄羅斯人喜歡玄奧晦澀的世界觀，就算是神祕學專家絲毫不敢引進的西歐國家理論，俄羅斯人也將毫不猶豫地視其為真理。也難怪俄羅斯人會有拉斯普丁這樣的祖先了。

划著小船，希望從風景地貌中辨識出傳說中的具體場景，這樣的念頭滿浪漫的。用地理象徵迂迴地修練靈性，能讓觀察力保持敏銳。我這兩位朋友一面划水，一面觀察徵兆和窺探關連性。他們覺得有一處突出的岩石很像林伽，另一處山巔的崎嶇輪廓很像濕婆的三叉戟，還有間小木屋應是各方磁場力量的交匯點。

晚餐後，薩夏和他的徒弟在湖灘上盤腿而坐，開始唸誦一段印度教經文。薩夏吹起他的西藏海螺。螺聲吵醒貝可，惹得牠拚命大叫。

「我的狗不喜歡吹螺的聲音。」我說。

薩夏一臉困惑說：

「也許牠不是隻狗……」

他們再度跟我說，北雪松林那間小木屋坐落在一個能量很強的「能量節」上。他們繼續往南啟程。遠方迴盪起三聲海螺聲。

七月二十三日

我划船前往雷德納雅河。整座湖散發著屍臭味。又起霧了。森林上前一步、後退，又回來。我在那裡的岩石上釣魚，並以我耐心守候的成果作為晚餐。今夜，我的營地美不勝收：汩汩流水聲、一片草原銜接到一面能俯瞰平靜流水的斷崖，一旁的幾棵樺樹恰好可遮擋微風。魚在火上烤著，兩隻狗等待著牠們應得的犒賞，月亮——它的色澤如法國南部杏仁小糖卡禮頌的顏色——則躲進雲霧裡。我抽著一根帕特加斯雪茄。雪茄總好比供品，用來獻給雪茄燃燒時的四周環境。我的記憶是很地理式的：比較記得住環境氣氛和美景特色，而比較記不住臉孔和談話內容。

今晚，唯獨缺少我的夢中情人。

七月二十四日

破曉即有馬達聲。是沃羅迪亞來雷德納雅河的河口撒網。我從懸崖頂上喊他。我們聊了一個小時，並在小船的船蓋上一起吃番茄。俄裔法國哲學家楊凱列維奇曾於受訪時聊到「即刻」，他稱俄羅斯人有個特殊本領，能在桌前坐上好幾個鐘頭，猶如緊抓著一座資源豐沛小島的礁岩。桌子以外的世界艱困險惡，遲早必須潛入這個世界中，再去其他地方尋找另一張桌子。

我打道回府，在濃霧中划行。湖岸成了指點我迷津的導航線。我回到小木屋兩個小時後，暴風雨把問題解決了。

七月二十五日

我將和兩隻狗道別。我望著牠們頭倚貼著小木屋的門檻熟睡。為什麼天下終究沒有不散的宴席？只有一種方法能避免無可避免的事情。

七月二十六日

「我啟程上路，沿途成排榆樹，拋下它們令我心酸」……

塞戈伊後天會來接我。我們將把兩隻狗送去耶羅辛，牠們將在那裡待上一陣子，等找到新主人再去保護區裡的其他小木屋。

當初剛來這裡時，我並不知道自己是否有能耐待下來；如今要離開了，我已清楚知道自己一定會再回來。我發現居住在寂靜中是一大享受。我學會了兩、三件很多人並不需要透過自我封閉就已經知道的事。空白的時間是無價之寶。經歷時光流轉比行萬里路更扣人心弦。壯麗美景讓人永遠看不膩。對事物認識愈深，它們就變得愈美。我遇到了兩隻狗，也養了牠們，有一天牠們救了我的命。我向雪松說了不少話，向鮭魚請求原諒，也想念著我的親朋好友。我過了非常自由的生活，由於沒別人在場，自由再也沒有極限。我閱讀群山的詩篇，也在貝加爾湖轉成粉紅色時啜著熱茶。我終止了對未來的欲望。我吸進了森林的呼息，觀看了月亮繪出的弧線。我曾在雪地中舉步維艱，又在攻頂後忘卻先前的種種艱辛。我欣賞了大樹的悠遠，親近了山雀，看透一切與美感無關的虛榮。我朝對岸瞥了一眼。我目睹了長達數週的悄然降雪。屋外狂風肆虐時，我享受著小木屋內的溫暖。我迎接陽光和野鴨的歸來。我大啖了燻魚肉，感受到肥美鮭魚卵通過咽喉時的甘甜。有個女人和我分手了，但有蝴蝶停落在我身上。在收到某則簡訊前，我歡度了我人生中最美好的時光，收到後則迎向最傷心的時日。我以斗大的淚珠掬灑大地。我曾想過不曉得人是否能不憑血統、而是以流過淚水取得俄羅斯國籍。我曾以苔蘚地衣拭淚。我喝掉好幾公升的四十度酒精毒藥，也很享受對著布里亞特撒尿的感覺。我學會了如何定坐窗前。我融入我的領土，嗅聞了地衣的氣味，吃過野韭蔥，也曾與熊擦身而過。我的鬍子變長了，時間把它織了出來。

我離開了墓穴般的都市，在教堂般的泰加林裡生活六個月。這六個月恍若一輩子。很欣慰知道，在這世上某片森林裡，有一座能營造一定可能性的小木屋，它能讓人更貼近活著的喜悅。

七月二十七日

兩隻狗躺在我身上，我們在湖灘卵石上睡了一場午覺。愛卡和貝可呀，你們是教我看破命運的師父，你們撫慰了我的心，你們是我的好友，你們對生命的際遇除了「即刻將發生的事」之外別無期待，我很喜歡你們。

熾烈的太陽、蔚藍的湖水，雪松隨風搖曳，水面波光粼粼，我躺在吊床裡，還以為自己身在地中海岸。在森林裡，我向魯濱遜式的生活敬最後一杯酒。我看到一座螞蟻窩，用手敲了敲蟻窩頂部。螞蟻紛紛起身抵禦，用蟻酸轟炸我的手心。我的皮膚因為這刺激性液體而顯得油亮亮的。我喝下伏特加，一併把這一劑藥物吸入鼻腔裡。氨水般的氣味效果很驚人。森林披上各種想都想不到的迷幻色彩。

我拆解了獨木舟，收拾好我的行囊。我的人生在這裡伸展開來了幾個月，現在要重新捲收起來了。我向來活在囊袋中。我的糧食箱空空如也。我靠吃魚維生。這種日子業已結束。明天就要離開。

七月二十八日

再去丘頂最後一次，向貝加爾湖道別。在這裡，我曾請神靈幫助我與時間重修舊好。下山時，愛卡趕出一隻母歐絨鴨。這鴨子用右側翅膀打水，佯裝自己受傷。貝可信以為真，追鴨追到差點溺水。

愛卡到處找鴨巢，結果找到了，我還來不及阻止，牠就猛咬巢裡的六隻小鴨。我只好用石頭把奄奄一息的毛茸茸小身軀一一終結。

母鴨在湖邊悲鳴許久。

牠為大老遠白飛了的這數千公里路途而哭泣，為心血結晶轉眼成空而哭泣。生命乃在於熬過一次又一次的至親之死。

只因為一隻小狗不假思索啃咬了幾下，北雪松林便蒙上一片偌大的清明孤寂。

我坐在木頭長椅上，等待著塞戈伊的船。烈日猛照。行李箱和袋子堆疊在一塊。兩隻狗在沙地上睡覺。還有那隻在亮光下哭泣的母鴨。

今天上午有一種死亡的味道、離別的味道。

兩隻狗抬起頭來。一陣轟轟聲愈來愈大聲、愈來愈明確船來了。遠方有個小點愈來愈大。是最終的句點。

致謝

我在此表達感激，並向協助我順利旅居北雪松林小木屋的諸君致意。
雅雷西．戈洛維諾夫
托馬．葛斯克
席兌克．葛哈
貝彤．謬利
奧力維．德佛
史蒂芬妮．戴松
貝爾納．賀曼
《費加洛》雜誌的熙立爾．圖埃和容克里斯多夫．布伊松
方索瓦．費佛
芙蘿倫絲．特鴻
熙麗兒．班西摩爾

喬治・邦諾佩拉
Botravail 團隊
伊曼紐・韓貝爾
感謝希薇・葛哈諾提耶和容馬利・胡亞所提供的閱讀建議
感謝 MILLET 的裝備和派崔斯・佛黎耶
特別感謝亞諾・宇曼

國家圖書館出版品預行編目(CIP)資料

貝加爾湖隱居札記 / 席爾凡・戴松著 ; 梁若瑜譯. -- 初版. -- 新北市：木馬文化出版 : 遠足文化發行, 2020.06
288面 ; 14.8 × 21公分
譯自 : Dans les forêts de Sibérie

ISBN 978-986-359-797-1 (平裝)

876.6　　109005545

貝加爾湖隱居札記：
在這喧囂的世界，一個人到西伯利亞森林住半年
Dans les forêts de Sibérie

作　　者　席爾凡・戴松（Sylvain Tesson）
譯　　者　梁若瑜
副 社 長　陳瀅如
總 編 輯　戴偉傑
特約主編　周小仙
行銷企畫　陳雅雯、尹子麟、洪啟軒
封面設計　兒日設計
內頁排版　極翔企業有限公司
出　　版　木馬文化事業股份有限公司
發　　行　遠足文化事業股份有限公司（讀書共和國出版集團）
地　　址　231新北市新店區民權路108之4號8樓
電　　話　02-2218-1417　　傳　　真　02-2218-0727
Email　service@bookrep.com.tw
郵撥帳號　19588272 木馬文化事業股份有限公司
客服專線　0800221029
法律顧問　華洋法律事務所　蘇文生律師
印　　刷　前進彩藝有限公司
初　　版　2020年6月
初版20刷　2024年5月
定　　價　新臺幣360元
ISBN 978-986-359-797-1

Cet ouvrage, publié dans le cadre du Programme d'Aide à la Publication « Hu Pinching », bénéficie du soutien du Bureau Français de Taipei.
本書獲法國在臺協會《胡品清出版補助計劃》支持出版。